二月河 作品系列

密云不雨

二月河 著

人民出版社

目 录

二月河作品系列　MI YUN BU YU

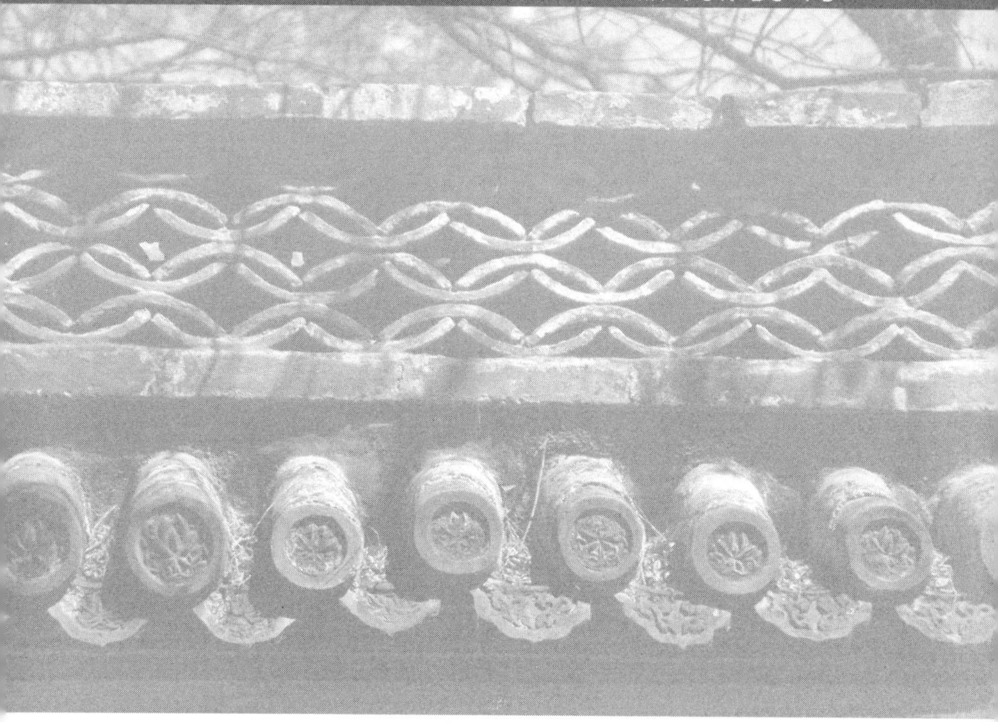

一门三秀才

　　1945 年的农历九月二十九，这个阴寒的深秋，在山西省昔阳县一个偏僻的山庄，我出生了。这个地方叫南庄，也称南李家庄。在昔阳县正北偏东，倚浮山襟神山，傍莲花山、凤凰山……前后左右都是山，也有一条河，叫铺沟河。你打开地图，根本就找不到这条河。但我曾经见过这条河，是满沟的石头蛋子，大的犹如卧牛，小的鸡蛋许大，干得几乎见不到水。以至于我在后来写书，起笔名时根本就想不到它。我想的是"二月的黄河"。

　　近来，我的长兄凌振祥写了一本《二月河源》的书，我才据典忆祖，明了了家族的历史概貌：开基之祖是兄弟二人：凌德环、凌德源。明代末叶迁来开荒，兄弟二人兄居岗上，弟居沟底，繁衍生息继以世代，遂成人丁七百余人的凌氏大家族。比凌德环再早，已不可考。这次我游山西，到洪洞县，忽有所感：是否可能来自大槐树下？

我曾祖父一代时，还算比较"牛"的，兄弟四人三秀才，伯凌朝徽是食廪秀才，仲凌瑞徽是贡生，叔凌杞徽为庠生——我的曾祖父是凌朝徽。一门三秀才，这在江南极平常，在北方，山左山右一带，是十分了得的，方圆百里提起来，都是称先生而不名，"大先生、二先生、三先生"如何怎样。这个影响通逼今日，人们称道："二月河你们知道是谁？是大先生的曾孙！人家那叫祖上有德……"

这是曾有过的辉煌，晚霞的绚丽，似乎至今还放着毫彩之光。我的理解是，打从我的祖父凌从古这一代，家道开始发生令人——兴奋？激动？悲伤？忧虑？……这些变化，不不……不是这样的，用"感怀"、"惆怅"也许更合适，我则用唏嘘这个词。

退一步想，夫然后行

爷爷的照片现今留存的有，但我只见过爷爷一面。那是1953年，我八岁，父亲探家带上了我。我的大哥说，"你当时很怕他（爷爷）"。但我的回忆不是这样。我只是觉得好奇与隔膜。那是冬天，太阳暖暖地洒落略带金黄的光。老人家默默地坐在大门口外的石头上，表情有点呆滞地看着远处。过来过去的人有的挑担，有的扛农具，路过时和他打招呼：

"老汉——文明小（我父小名）回来了？"

"回来了。"

"还好？"

"啊、啊，还好。"

"你快走了吧？"

"啊、啊，快了，快了。"

这话是半个世纪前说的。我现在已过耳顺，仍像昨天那样清晰。"走"就是"死"的意思——问得自然，答得简洁、坦然。这在其他地方如何？我不晓得，在河南是犯忌讳的，肯定没有这事。

他真的很快就"走"了。留给我的应该说不是怀念，而是带泪的思索。

1937年抗战爆发。他把长子凌尔寿送进了抗日队伍；次年，他又送走了二儿子凌尔文（我的父亲）。那时他已是六十岁的老人，只有这两个儿子，都送走了。而家里总共九口人。三十四亩地，请了一个叫"歪牛叔叔"的来做长工。两个儿子都在我党的根据地打仗，凌尔寿在河北武安牺牲——这无论如何说都是个爱国老人。然而，他在当时却有一个家人不愿提及的身份——富农。

我在 1969 年入党，填的入党志愿书一片光明。家庭出身：革命干部。父亲，1938 年参加革命，中共党员；母亲，1944 年参加革命，中共党员；姑父吕倜，中共党员；舅舅马文兰，中共党员；姨姨马佩荣，中共党员……外祖父，党的地下工作者、烈士；伯父凌尔寿，烈士……阴暗面没有。我所知道的仅仅父亲是富农出身而已。

然而第一次填写志愿书并没有批准我入党。组织上找我谈话，那平日也是很要好的同僚，此时却显得有点矜持和庄重："你还有一个姑姑，是怎么死的？为什么不填进表中？"我一下子蒙了，赶紧写信（那时不可能打电话）询问父亲。父亲来信告诉我：确有一个小姑姑，叫凌尔婉，土改时被斗而死。他并且告诉我，这些负面的东西没有告诉我，是因为怕我受负面的影响，同时他还说，他给部队党组织写了信，详细说明了情况。第二次再填时，我仔细思量了这件事，并且加上了我对此"人民革命斗争"的积极评价。这时我还是不晓得，大伯母也是这时期自尽的。

土改在如火如荼地进行，斗争也在不断升级加温。爷爷毕竟是"双抗属"，这一条谁也无法否认。父亲后来告诉我一件这样的事。有一次昔阳县搞了一个"献田大会"，爷爷在大会上慷慨陈词，说自己过去剥削人有罪，把土地主动献出。爷爷在发言中间，另有一地主也想登台表态献田，被守台民兵从台上直摔出去——这是爷爷的政治待遇，不是每一个"分子"都能享受到的。

1947 年冬，那是一个性命攸关的冬天。爷爷奶奶已经被"扫地出门"，即将"拉出去斗争"。县上头来人传话"这家人不能动"，他们才得以苟存。政策有所缓松，但极左的政策稍有变更，极左的思维盘根错节无一毫动摇。

1960 年祖母去世，她死在邯郸，我的大姑母家。父亲和我扶枢又回了一次南李家庄。也就这一次，父亲带我到母亲曾经推磨的磨房，指点着土墙上用炭条划下的字，上头写着人、手、口、刀、牛、羊、马、狗……说："这是你妈推磨时练习的字，她一天学也没上过。"他还带我到一个土制房顶场院，指着一处房子说："你就生在那间房子里。"这件事过后，有人告诉我们"有反映，说凌尔文带他的儿子在场上指着房子说，这一处那一处房子，原来都是咱们家的，你要记住……"意思是，将来我们爷儿俩要阶级复辟。但也有正直的人说："凌尔文革命多少年，命都不要，还稀罕你这几间破房子？"但父亲从那之后，再也没有回李家庄，我也没有。

爷爷信什么宗教，我不知道。但是，我家门楼上留有一幅砖雕，前写"退一步想"，后则"夫然后行"。我想这该是祖训，带有浓重的老庄色彩。爷爷可以将《道德经》背得滚瓜烂熟。父亲说话间零星不由自主能蹦出大段的老子语录，父亲晚年抄《道德经》，抄了一本又一本，送人作纪念，我送他一本《金刚经》，他可能没有看完，更没有抄。从这里头透露出爷爷、父亲的哲学思维信息来。

你哥要学我哥，你要学我

伯父凌尔寿，我没有见过。因为他 1943 年就牺牲了。1967年"文革"伊始，哥哥在武汉站在拥军派一边，是"保皇"学生头，两派角逐激烈。他说是回家探亲，其实很有点免祸避嚣的意味。我当时也百无聊赖，哥儿俩一商量，决定到河北武安去祭探伯父的佳城。

这件事已过了三十八年，往事都如烟霞，但唯此仍旧清晰如昨。

我是爱好逛坟地的，古至汉陵，今至公墓，帝陵王陵，贵人佳城，就是乱葬坟地，又何尝不是自由野趣的"陵园"？这些地方自然不是苏杭胜境那样的味道。在荒芜的坟地间踽踽穿行，林林总总的大小碑在茂草中时隐时现，它能告诉你很多东西。人的起始与终结、生存与寂灭、荣华与哀穷、欢乐与悲歌都掩藏在白草连天之中，有的坟场还有石人石马石羊之类，断碑残碣都横卧在榛荒冷寒的凄景之中。

后来读到"萋萋一树白杨下，埋尽金谷万斛愁"的句子，你在这里，可以找到最深邃的哲理意味。《红楼梦》中"青枫林下鬼吟哦"，我敢断言，曹公也是在墓道边悟出的句子。但武安陵园与一般的坟场有所不同。这完全是个花园格局。与晋、冀、鲁、豫大陵园的空旷阔大相比又是一种情调，茂树修竹密掩着亭台石阶，苍松翠柏中繁花如锦，地下砖缝里、甬道旁，茂草似乎不甘寂寞，毯般挤着向外钻，这还是盛夏时分，明灿的阳光照耀着这一切，显得深邃又层次分明，神秘而且幽静。

我和哥哥沿着林荫道边走边看，寻找伯父的墓，热湿的空气和炎炎暴晒下来的阳光似乎有点不协调。但不久也就适应了。行有几十米的样子吧，我和哥哥同时住了步，那碑刻：

山西省昔阳县凌尔寿烈士

的字样出现在我们眼前。

这里一共排着五座墓，伯父的墓在中间，前面还有大石碑，约可人高，上边刻着"浩气长存"四个大字，下边是各位烈士的生平简介。我这才知道，伯父最后的职务是"晋冀鲁豫边区政府督学"，他死于1943年5月18日。我抚摸那碑，上半截已是斑驳陆离的褐褐颜色，风拂雨淋几十年，像干透了又经阳光久晒了的血渍；碑下半部是新绿的苔藓，峥嵘茂密，在阳光中似乎反射着金属样的光泽。碑座下边的青草中，开着几朵不知名的野花，星星点点的宝石一样嵌在浓绿之中。这里有他的遗殖，深埋在地下。地上就这些了。我们只能见到这些，再深层次的东西无法想象。

县民政局的人很热情，当晚安排我们在招待所住。第二天又给我们开具了走访烈士牺牲地的证明，我们便离开了武安县城，到一个叫"阳邑"的山镇里去。这已经是深山区了，老式的苏联卡车，沿着满是鹅卵石河滩的路足走了两个小时才算到达，一问"柏草坪"，离此还有二十华里，已经不能通汽车。

我这辈子，喜爱浩如烟波的水，却一直和山打交道，生在群山之中，又参军回到群山之中，太行、吕梁、燕山，不但在山坡上转悠，而且打洞子转悠。我离开部队的驻地名称叫"愁水沟"——一听就知道什么意思。

但柏草坪这一带的山不缺水，我们几乎是沿着湍急的深涧之水进山的，河水哆嗦着，淡蓝苍暗的河面浪花像滚水箱一样翻滚，夹岸的山势迷离变幻，一时是小桥流水江南风情，一时又奇峰突兀拔地直耸云汉，下头是长草嶙石的山坡。这山地绵延不足百米，便是刀劈斧斫般的断崖，断面像新割的豆腐样平整，羊肠小道就在山坡与断崖缝隙间委蛇蜿蜒入山。

这是夏天将尽，一年之中最热的季节。但我兄弟二人在山中穿行，顺羊肠小道蜿蜒下山。当时豪雨如注，倾洒而下，我们推开路边一座荒庙的山门进去暂避。庙院荒榛野蒿丛生，地下的野生蔓藤从砖缝中挤出来，葱葱茏茏绕树攀缠。刷刷的雨声中不时有梨从树上掉下来，摔在地下变成一个个雪白的小花。一时雨住，天色向晚，阴暗的天穹下又有流萤成阵，一团团绿雾样在眼前耳旁旋舞，又似伯父的幽灵在陪我们同行。庙与萤给我留下的印象极深，我作文写书遇有此情，此景立刻闪现眼前。

1943 年，我还没有出生。我的哥哥也在不记事的童稚之年。我对伯父的追怀，没有思念的意思，更多的是敬仰。他是最早从爷爷的旧家庭中叛逆出来的人，也是父亲新思想的启蒙人。父亲对他的思念充满着挚爱和悲伤。他不知说过多少次，"没有你大爷（伯父），就没有我今天。""你大爷对我真亲啊！"他一直都在慨叹伯伯的一生，犹如哀伤悲泣自己的不幸。

伯父是有灵的。我没有遇到。父亲告诉我，伯父遇难数年——当时是五人合葬，骨殖不辨——父亲接通知前去辨认。已是一具惨白的骨架，父亲一一细辨，突然一具尸体骷髅上的牙脱落——父亲记得这牙是伯父镶上的，头上贯脑中弹，弹痕宛然和群众回忆全然吻合，如此遂定骨名。这件事父亲写回忆录文如次：

1945 年，日寇投降了。人们都在欢笑，哥哥却看不到了。我被调到太行行署，准备由地方转入军队，住在招待所。便跑到行署民政处，并见到行署主任李一清同志。他向我说明，哥哥在 1943 年反扫荡期间已牺牲了。一个干部拿出文件让我看，一本印刷的文件，说明我哥确实牺牲了，并说明牺牲在河北武安县。

我要求到哥哥的安葬处探望，李一清表示同意，并给我开了介绍信。我爬山越岭走了两天到达武安县城。民政部门对我很客气，说明了埋葬地址，并派人陪我到柏草坪车谷村。村干部很热情地接待我，领我到烈士坟。一共五个烈士碑，并排在半山腰上。我找到了"凌尔寿"这个名字，眼有些花，身体觉得微微颤抖。怕把字看错，还用手摸了摸石碑上那几个字，定了定神，觉得没有错。

陪我上山的群众，都虔诚地跪地磕头，并点燃了香和纸。一个老者还口中念念有词，但我不知道他念的是什么。随后，大家动手帮我挖开了墓葬，打开了棺木。

棺材里躺着的人只留一个骨架，上面盖的布也都破了。看头部形象，像我哥哥，但我还是怀疑他是不是哥哥。我双膝跪地默默悼念："亲爱的哥哥，你弟弟文明来看你了，给你叩头了，希望你显显灵，表示我没有认错你。"一阵阴冷的山风吹来，我打了一个寒战，他的一个门牙突然自动掉了下来。"哥哥！哥哥！是你，是你。"我呼喊着，号啕大哭……

我知道，哥哥在省城教书时一颗上门牙是镶的假牙，是见风震动而自行脱落。他也总算是显灵了。

我想把哥哥的遗体运回老家。村干部和乡亲们都表示："我们这里逢年过节都要悼念他们，国家也永远不忘他们的恩德。"我犹豫许久，自己公务在身，路途遥远，搬回老家后，哥哥是否能受到像这个村的老百姓那样的爱戴呢?

我脱下上衣,用衣服擦去棺盖上的灰土,轻轻地盖上了棺盖……

"哥哥安息吧,打完仗,我来接你回家。"

哥哥告诉我,他第二次去探父墓,是带了祭文的,在墓前焚烧,有一蜜蜂下来,依在哥哥袖上不去,直到烧尽方才离去——那不是蜜蜂出现的季节,这是一;更奇的是,祭文烧后,有一片纸遗漏未燃,捡视后,竟是一个错别字!

无人区政委

我总有一个感觉,我做事的胆气和豪劲是母亲给的,而脑力和智慧则受赐于父亲。他的虑事之细,洞察世情之密,审时之精,度势之明——回忆起来,我这一生见到的高人多了去,很少有人能在这上头比到他的。

有人批评《西游记》,说孙悟空在遇到困难时,首先想到观世音，依靠母亲的力量来除妖降魔，解决问题；倘一呼一吸性命危殆之际，而观音也有力量不够时，他就会请"父亲"如来出面力挽狂澜。某一刹那，我也会用悟空来自况。

父亲是这样的"力度"：

他站在世界地图两米开外，你用手指指任何一个部位，他立刻便侃侃而言：这是某某地域的国家，国名是某某，人口若干，面积几何，意识形态是甚，当今领袖是谁，经济主脉，气候条件……他不是给你背诵，而是——说家常那样地讲解，很随意地信手拈来，无一滞碍。这一条我们兄妹都抽冷子出题测试过，他竟没有一次稍有犹豫——现在的外交部有没有这样的人，我都有点不能肯定。

1942 年，反扫荡最艰苦残酷的时期。他是昔西一区政委，也就是区委书记。但说来令人难以置信，昔西一区彼时是"无人区"，日本人的"三光政策"在这里完全彻底地执行了。没死的也逃向洛平榆次这些地方投亲靠友。但我对"无人区"这概念，也许领会有误，因为父亲写了一份回忆录《1941—1945 年太行二分区第一区——网格子的对敌斗争大事记》，人还是有的，而且不少。不然就不会有"网格子"（人居的网格子）这一观念。无人区大约指的是扫荡后一个极短暂的真空时期，而且可能特指的抗日根据地。父亲说他们当时人最少时仅有三人。在与敌周旋数年之后，重建了根据地，反将日寇伪皇协军困在马场，直到1945年形势已经翻转，当然有分区、有县委，也有群众共同的领导参与，但父亲在这样的形势下与敌周旋，没有智慧恐怕不行。

1947年随刘邓大军南下，父亲留在河南栾川县做对敌工作，收编散落武装——说白了就是剿匪，收编残匪，支援大军南下。父亲告诉我："形势极其恶劣凶险。土匪不但在城外有大批武装，城内的奸细也多如牛毛，战斗力也很强。"就这样，他在进驻时仅有七人，"整整拉出一个团来。经过忆苦诉恶，建立党组织，清除内奸，这支队伍打到广西，无一人离队逃亡。我为此受过黄镇的表扬"。这当然也是各方综合力量的工作结果，但父亲是主要人物之一。有一年，栾川他的一位老部下到南阳来探望，说起当时队伍中内奸密谋暗杀我父亲、反水投匪的事，历历如在目前。我问父亲："有没有这回事？"他说："这种事多了。这一伙原本就是土匪，他们投共，土匪也是不容他的。他们商量杀我之后，用血衣为证，回归土匪队伍。"在这样的环境中，能全身出入，工作成就斐然，我以为脑筋必须绝对够用。

在他眼里，我认为是"没有小事"。在物上说，除了钱，什么都是大事。在人上头，除了相貌，别的都很重要，最重要的则是人的政治立场和人的品格。

父亲是这样的。比如说你患个头痛脑热的感冒什么的，躺在床上睡觉。他会每隔二十分钟来看你一次。似乎有话要说，却又不说什么，绕室徘徊几遭，不言声又去了。如此几番，躺着的病人自己都有了"有罪"的感觉，坐起，吃饭了，他也就有了笑容，恢复了常态。他自己不闲着，也见不得家中有闲人，大家都生龙活虎忙着去做事，人人"在外头都顺心"，他的失眠症就会大为减轻。

我写完《康熙大帝》第一卷，出书后才去见他。有这样一段对话，他说："你出书了？好！"

"爸爸，这很艰苦，我也不知道能不能成功；没有告诉过您。"

"好。你说将来要超过我，我还以为你吹牛。"

"我在政治上还没有超过您，这是小说，这不算了不起。"

"我听过冯牧的报告，没想到你当作家。"

"冯牧是冯牧，我是我。"

"这件事意义非常大。孔子有什么？不是一部《论语》吗？"

"那不能比。"

"孔子著《春秋》，乱臣贼子惧。"

他的最后一句话，我很长时间不能明白。因为我敢肯定，没有任何乱臣贼子会惧怕我的书。

继而我的《雍正皇帝》也写出了。我又去见他，又有一番对话：

"这套书我想给武汉。"

"那就给他们。"

"河南会不高兴的，但武汉会在《当代作家》上连载，多登一次影响会大得多。"

"河南不能连载？"

"他们没有杂志。但河南出版社是给我出了头一本的。"

父亲眯缝着眼躺在椅上豁然开目说："天若有情天亦老……打过长江去，解放全中国。"

"爸爸说得好，他们就叫长江文艺出版社。"

这件事的决策内幕还有这么一段情节。

《雍正皇帝》书出后，真的开始"影响全中国"了。北京书评以"横空出世"评价了这部书，甚至有"直追《红楼梦》之说"，出版社开始扰攘我的家门，访问拜会的人也是与日俱增。冷落了多年的父亲，走到哪里，都会有人指点："看——那就是《康熙大帝》他爸！"年节之中，他也成了地方长官和首长的重点看望对象。这时，父亲又一句冒了出来，是西晋竹林七贤中的阮籍说的："世无英雄，遂使竖子成名。"

这个时候，全国取消了成分，地富反坏一风吹，都成了人民，父亲以手加额又一句："邓小平，千古一人。"

他时不时就冒出一些令人警醒的言谈。直到有一天，胡富国派昔阳县委书记，南李家庄村村长，带着小米和醋敲开了我的家门，以胡书记尊贵身份盛情邀我还乡，到此，我才恍然有所憬悟"孔子著《春秋》"那句话，不必定是要人家"惧"，能获取人多敬，获取一份必要的安全是题中应涵之义。领导这样的关照与弥密友好，情愫公开见于生活，肯定有很强的"辟邪"作用了。

"二月河"的种子

　　我真正"认得"父亲，是在 1953 年之后了。我幼儿时期父亲在陕州军分区。那时，母亲是在陕县公安局。父母亲同在一城，工作单位距离不到我上学路程一半，每星期可能只有一次见面（我说"可能"，是因为我不怎么记得他和母亲在一处），吃住都不在一起，各干各的工作。这在今天似乎有点不可思议，但却是那时的普遍现象。

　　后来，陕州军分区撤销，并入洛阳军分区。父亲就调到了洛阳。我去过父亲工作的陕州军分区。那是很大的一座庙院。什么庙？现在回忆，极有可能是关帝庙。我记得里边有一块石笋，又细又高，有四米左右吧？父亲带我去看，指着说："那原来是一棵树，后来成了石头。"根据这个含义，应该肯定是一块硅化木。另有一块石头，大如卧牛，一半有人腿跪痕，另一半有被刀劈过的裂印，刀迹平滑像割开的豆腐，被劈的石纹则如手掰开的豆腐——我问父亲："劈掉的那一半呢?"他笑着摇头:"没人问过这件事。可能飞到黄河北边了吧。"

这是幼年忆记父亲印象中最深的一件事,因为他说"飞到黄河北",我当时深信不疑。曾和我的同学到黄河边去"观察"过,我只是想,这刀能把石头割得豆腐一样,"刀子真(锋利!)",这要多大的力气才能把劈下的石头崩过去?现时也只有依此印象,推断那是一座荒弃了的关帝庙。

也就是父亲第一次谈关羽,说黄河,很无意的一句话,在我心中埋下了"二月河"的种子。

陕县城是很典型的邙山地貌,全部是一起一伏的黄土丘陵,形同龟背,曲似长蛇,东西逶迤绵绵。火车站自然在陇海线上,地处县城南端,缓缓由南向北波伏渐高,直到北城门是最高地,岗风肃然衰草连天的土城墙下,突地直削而下,是一带黄土悬崖。土壁上长满了酸枣、荆条、何首乌、知母草和白茅之类植被,只有一条"之"字形黄土牛车道"贴"在悬崖上蜿蜒而下。下边是河滩地,还有两三个小村庄,沙土地上长着的庄稼也很简单,除了几片高粱玉米,全部都是花生,再往前几百步,便是黄河。

我们常常看到一些油画、照片,如尼亚加拉大瀑布，黄果树瀑布，很美的，但若不亲践其地，只能瞧见它们的"色"，永远不能受用到那振聋发聩的"声"，可以洗欲，可以洗心，可以把你所有的荣辱忧患，统统洗得干干净净，在大自然的灵威中让你受到天籁的训诲，认知自己臣服的地位。黄河的啸声，白天在城里是听不到的，夜里住在公安局（以后又迁到城西民居），都能彻夜听到它的声音：不间断，闷声的滚动，不改变韵律，犹地在震动，如无数人在呼唤，又像一声无尽的长吟和叹息——这是黄河的"天籁"，它冲刷式地不停洗浴着大地。

但到黄河岸边，你就立时明白：夜里远远听到它的啸声的缘由。在这里是一片黄水，滔天激流在咆哮，一浪接一浪，河中心在翻涌旋转，河心到岸，则是一排跟着一排，长线似的与河平行向岸不停地推过来，倘站在岸边久了，你会觉得整个沙滩在向河心前进。泛着白沫，卷动着水草的黄浪拍击出的水雾，扑面而来，微带一点清心的腥味——这就是我第一次见到黄河的心情。但上头这些话当时没有能力说的，当时我只是觉得自己太小，黄河太"大"了，河面宽得好像有些渺茫，对岸山上的树，山下的房子都朦朦胧胧地模糊一片，我和我的一个同学一道私自逃学来的，他也痴痴的，许久才说："我要是孙悟空就好了。这么宽的河，腰扭一下就过去了。"

"孙悟空是谁？"

"小人书（连环画本）上的，本事大着啦，一个筋斗能翻十万八千里！"

孙悟空能翻十万八千里，关公刀劈石头崩到黄河北岸也就不算什么了。我从此开始找"孙悟空"的小人书，开始看到的第一本整部头书也是《西游记》，从而寻到了书的世界，游进书的海洋。

由这次开始，黄河岸边成了我最爱去的地方，我经常逃学，倘逃学，十有八九次是在那条"之"字大道旁的荆丛中摘酸枣，吃臭瓜蛋（人们吃甜瓜拉大便遗下种子出来野瓜秧上的"香瓜"），偷花生蹚到畦边，在花生秧根上猛踹一脚，拔起秧子（大致上花生粒都能带出来）就溜到树林里，那东西能吃得人一嘴白沫。还有，到黄河里洗澡，双手扒着沙滩河床扑腾，呆望着纤夫们拖船，直到下学（放学）背上书包回家。日子久了，母亲再忙也觉察了我的这点秘密——她很容易便能判断我"到黄河里洗澡了！"——用手指在我腿上一划，出来一道白痕，必是洗澡无疑——接下来的事我很熟，打屁股。别说今天，就是当时，心里口里也都没有怨言。

吃进肚子里的才是自己的

父亲是个讲吃不讲穿的，这是我到洛阳对他的第一印象。我长期跟着母亲，几乎不怎么见到他。母亲在栾川，父亲见到我，他对我很温和。但我觉得他是"外人"，坚决不允许他"上我们的床"——这事直到他年老，提起来还笑不可遏。我真正"确认"他是"爸爸"也是到洛阳之后。因为母亲到洛阳比他迟，住房、上学这些事务没有安排好，我曾跟随父亲在洛阳军分区住过一年多。他在我心目中的地位提升起来，慢慢地想道："他比妈还重要。"

他和我第一次谈话就是说吃的问题："孩子，只有吃进肚子里的东西，才真正是你的，别的一切都要扔掉。你要学薛仁贵，顿餐斗米，才会有力气做事。"

"我们不要奢侈，其实我们也奢侈不起来。不管好歹，一定要吃饱，人的高下不在衣装上比。"

"你将来可能会遇到各种场合，见到各种人物。

二月河父母 1958 年在洛阳

不管是谁，再大的官，一道吃饭不要空着肚子忍。"

这些话当时不完全懂，但我觉得他的话比妈妈新鲜，有劲。事实上，我终生都在按他的这一指示做着。田永清将军在我的《二月河语》中点明我的"不修边幅"，实际上我真的从来没有考虑过"应该怎么穿得好看点"——没有这个思路。

他的话是说对了。我参军之后，做的是最重的体力活，刨煤——煤矿掘井一年，又打坑道掘井五年。这是公认最耗体力的活，我都扛过来了，而且还有精力读大量的书。倘是个小白脸、阔公子，恐怕不能。我这里可以举一例：我参军后第一次到北京，是送稿子去的，在王府井"湘蜀饭店"吃饭，我点了一个拼盘（鸡肉、香肠之类），一盘拌黄瓜，一盘炒鸡蛋，一盘豆腐条，四个"垫菜"，再有一升啤酒，主饭是一斤二两粮票的水饺，那盘子足有一尺来长，垛得高高满满的，独我一人大吃大嚼，旁边的服务员（那时不兴叫小姐）看得目瞪口呆，都笑。我说："你们笑什么？看看我的饭单，还有一碗鸡蛋西红柿汤呢！"我初从煤井上来，调入机关工作，有一次吃馒头，吃得周围的人都停住了看我，同事给我端来一大盘子："你到底能吃多少，今天测验你一下。"结果是，二两半的大个馒头八个半，外加三大碗蘑菇炖肉。但我能吃也能熬。我在部队总后，一次几百人的现场会议，会务材料及简报工作就是我自个。熬了六天五夜没合眼，接着睡一夜，第二天照常上班，晚上再打扑克、看书……

没有这样的吃法，当时没有力气精力读书，后来也没有体力写书——你写书，本来就睡不好，再营养不良，你不完蛋谁完蛋。

吃的副作用也有：我五十岁之后得了糖尿病。我总结起来看，这个病是职业造就：又吃又坐，运动少成了毛病。

我有点失望

父亲和母亲不同的，他除了吃饭，晚上睡觉的事，别的一概不问。母亲一向管着的事，比如洗澡、理发、换衣服、上学、功课等一向"烦死人的事"在洛阳军分区一下子全蒸发掉了，突然没有了。

洛阳军分区是个基督大教堂改建的，离洛阳车站

（现洛阳东站）约可三百米左右。母亲在陕县，父亲敢于放手让我独自坐火车两地往来，年纪小，也不买票，我就在车厢里穿来穿去玩，连列车员都认得了我。

最妙的是军分区还有个图书室，三间房大小，图书占满了两三排柜子，大架子上还有旁边的报刊架上散乱地摆放着一堆堆、一摞摞的杂志、报纸、小人书之类。这实在是在陕县、在栾川都梦想不到的好地方，也不知道世界上还有专门让人读书的地方。我当时在洛阳铁路小学读书，"正经功课"作业做完，业余时间几乎全都是在这个图书室里。这还是《西游记》那件事引发出来的兴趣，我觉得比所有的"玩"都有意思，但我"水平"也还只能看"连环画"，《表》、《孙悟空三盗芭蕉扇》、《真假西天》、《哪吒闹海》、《薛仁贵征东》、《御猫展昭》……也能寻出一些严肃名著来，却都忆不出名字来了。至今记得一些片段句子"她闭着眼向他开了一枪……"谁打的谁，好像是情人生死之恨？什么书呢？记不得了。另一些书比如镇压反革命的宣传册子，还有反胡风的小画册，也都没有漏过我的眼睛。也有一些是宣传共产主义的画册，说得极其美好。有一次吃饭时我问父亲："爸爸，共产主义到底是什么样子？"他指了指碗："你看，我们有米，

"我受你的牵连。胆子太小了。"

我们这个家族，"胆小"似乎是个特征，谁也不曾豪迈过。我曾在邯郸大姑姑家住过一段日子，姑姑的情况比父亲还要糟一点。她的外孙在外头和别的孩子吵架，邻居一手拉着孩子，铁青着脸踹门进来，姑姑笑脸相迎，那人对全家人视而不见，理都不理，指着外孙的鼻子猛训一顿仰着脸拂袖而去，姑姑则在屋里流着泪打外孙，逼着外孙去"给人家道歉"，小外孙委屈申辩哽咽不能成语，在家跺着脚号啕大哭。这人后来我知道是姑父一手提拔上来的，平日是"亲信"。一旦听到哪个厕所里"有反标（反动标语）公安局正在调查"，姑姑就会吓得脸色苍白：严令"都不许出去，不许打听这事！"——回思我们的祖训"退一步想"，一家人真是退到了死胡同的墙角里。"夫然后行"——不是歧路难择，而是没有路可走。

父亲胆小，但他在日本人眼里不是这样。1945年日寇投降，缴获的日伪文件中有这样的话："近在我铁壁合围中，王兰亭、凌尔文等人率数十土寇，西犯马坊，甚为猖獗。"有一位受过伤的战友说他："你命大，打这么多年仗，没有受过伤。"父亲笑答："只差一厘米。打安阳时，一颗子弹从我的脖颈子平穿过去，一件棉袄撕成两半。"我问过父亲："打仗时你怕过没有？"父亲说："人的命天注定。开战之前心里也有点紧张。我到战士中间，听他们说笑话，和他们唱歌，一会儿就什么都没有了。"还是在昔西，有一次敌人搜山，他伏在草丛中，搜山的伪军拨开草，他忽地站起身来吼："你他妈活够了！"吓得敌人弃枪逃走。

他确实胆小，是自己人吓破了他的胆，自己人整自己人，这就是"运动"。我的记忆，每次运动结束，必演的一出戏叫《三岔口》，干部们都来看，意谓"黑打"，自己人打自己人，误会，一笑了之。但父亲却笑不出来，因为现实生活毕竟不是戏，那打起来，是真的往死里揍。如果在战犯管理所演这样的戏，也许差近事实。

这绝对是命运的捉弄，父亲的大半生都生活在一种有毒的氛围中。爷爷因"他兄弟参加革命"被划为富农。他在革命队伍中又因为爷爷"是富农"而郁郁不得志——到底是谁牵连了谁？别说父亲，我想了半个世纪，至今摸不透其中的道理。昔阳县的土改实行得也比较早，父亲是土改中转业参军的，为的是能给爷爷挣一个"军属"的身份——在此之前是抗战，爷爷奶奶享受"双抗属"的待遇。抗战结束，抗属待遇也就自然消逝,一下子又转化为富农待遇,在此情况下,父亲决定参军。

他当时任昔西县武委会主任,县委委员。按他的资历经历,应该说这职务和他的贡献是匹当的。我现在无法全面分析当时的形势。是否这样的:昔西与昔东将要合并,他的"富农"成分肯定要影响到职务安排,爷爷在家又是那样的"待遇"——外边全国战场如火如荼正在发展,内战即将全面爆发,是可以大有施为之地。三十六计走为上,他毅然参了军。

县武委会主任,也就是今天的县武装部长,别人参军,职务高套一级的尽有,可以提到副师,一般的也能做到平调。但父亲却降了两级:副指导员,一匹马驮行李,有驳壳枪,还有一个勤务员。

但他一直对此没有任何怨言,我想,他有一种解脱出来大干一场的精神和思想,不在乎这一级、两级。也许他并不认为是家庭成分影响了他,因为他根本就没有怀疑党,也不会有"党有失误"的感觉,离开昔阳时他是勃兴奋斗的生力军。父亲曾不止一次告诉我:"五五年审干前,我什么也不怕。审干,反右再审,我就做这工作,越干越怕——有些错误,不是你想不犯就不犯的,也不是你小心一点就能不犯的。

人呐，脆弱，说完就完了，连事业带名声，一下子就没了。"

父亲管审干。因为他是洛阳军分区政工科长。管审干的人也有审他的，这就是运动。他有两个历史"疑点"：一是抗战时期有一天，也就是在昔西一区时，有一次他们三个人同时被敌人的"棒棒队"（伪地方维持会武装）围在一个窑洞里，敌人用火烧洞熏他们，又扔手榴弹进来炸，区里一个通信员叛变，提名道姓："凌尔文，快出来投降皇军。"他们在窑里也喊话："中国人不打中国人。""皇军有白面、大米!""你们要弃暗投明，要学关公，身在曹营心在汉!"坚持到黄昏——可能是因为地处游击区，敌人也怕天黑遭伏，不言声撤退了。这一历史问题考问出来，"敌人是强大的，为什么会自动撤退?""你们三人是不是有变节行为?""当时是什么具体情况，能不能再说详细一点?"这被围的三人，另外两人一个后来当了副省长，一个是某县县委书记，只有父亲被钉在"图钉"上。

第二个疑点，是1946年他参军之后。当时国共谈判，与美国方面组成"三人小组"，天天扯皮摩擦。父亲曾参加（我记不清哪个战区）这个小组，当联络员。和谈失败，"三人小组"撤出，却没有通知到他，被国民党扣押了十多天，后经小组再度索要，释放回队。他蹲过敌人的班房，回归后再蹲自己人的拘押所接受考问，"你这十几天在那边干什么，谁能证明?""你变节了没有?""敌人和你谈了些什么，都是哪些人和你谈话?"

……如此种种，这些疑问，每一次"审干"，每一次运动，都要重新拿出来过滤一番，重新再审，年时愈久愈是记不清楚，愈是要更仔细地筛问一遍——我有点怀疑，他们其实是在满足一种变态心理需要：就是要问你一下，因为你有这个"事"，你没问题也要敲你一下!

父亲从此得了失眠症，严重的神经衰弱逼使他在邓县武装部政委的位置上离休。他晚年靠"舒乐安定"度日，我的经济条件好了之后，又增加"松果体素"，每天用量：舒乐安定九片，松果体素七粒。

干净、简朴、讲实惠。父亲过日子的思路十分简单。我十二岁那年，游洛阳司马懿陵，那其实是很高的一座山。下陵路上摔倒，门牙碰掉一颗。这是已经换过的牙，不可能再生，剩下的那颗门牙开始向牙洞方向发展，旁边的大齿也挤向牙洞，成了很宽的一条缝。不料断开了的牙不甘寂寞，又生出一朵骨花，夹在缝中挤。我年轻时自赏，相貌在中上等，这点破相让我失分不少，但这点毛病不影响说话，也不影响吃饭。有人建议："把孩子的牙修一修吧。"父亲说："顺其自然。这不是病，怕什么？"就这样"坚持"了下来，坚持到四十岁，那颗"新门牙"骨朵自动脱落，我已然中年，也就自然了了。

我读郑渊洁的童话，里边介绍了很多杰出的父亲，我的父亲和他笔下的那些父亲相比，除了胆小，过于讲究"政治"，其余的似乎比那些好父亲还要杰出一点。母亲是1960年瘫倒的，一瘫就连起居、走路、吃饭、脱衣全部不能自理，经过医生全力救护，一年之后才能站起来，拄着拐杖细步踱着前进，每一步也就一寸左右。我亲眼见父亲每天给母亲换洗尿布，清理裤子上和床上的大便，搀着母亲散步，五年如一日这些活他都自己亲自干。母亲是个性格刚烈急躁的人，中风失语，说话不能辨。她想说什么，说不出来，又无法表达，急得竖眉立目，用拐杖连连捣地，我们子女在旁束手无策。父亲总是把耳朵凑到她口边，轻声细语请她不要着急，慢慢说，一个字一个字说……有一次侧耳半日才听清她道出两个字："上……学……"父亲告诉我们："你妈叫你们上学去。"我们兄妹都笑："今天星期天。"母亲叹口气，无奈地摇摇头。父亲一句话："做功课去吧。"我们便都凛然退下。

母亲对我们严厉，但我们不怕她，因为顶多是挨顿打，那点子皮肉之苦对年少人来说，实在是毛毛雨。但父亲不一样。他从不打人，也从不说粗话骂人，也不用刻薄话损人挖苦人，每当他来教训我们，只是告诉我们，这件事你做错了，错在哪里。这也还罢了，我们怕他分析后果，每一件小事的后果他都能淋漓尽致地披露人性之恶，把后果说得令人不寒而栗，令人"后怕"，看我们听进去了，他就绝不再说，不言语在一旁抽烟。他的权威建立在他犀利简明的言谈和他的沉默上。

他从没有流过泪，爷爷病故，奶奶病故，他都没有哭。母亲病故，我和他并肩立在她的遗体旁，不知过了多久，父亲说："她已经成了物质。我们已经尽到了责任。"

父亲教我学会了理智。许多人都知道我说过"拿起笔来老子天下第一，放下笔夹着尾巴做人"，这后一句是从他的理智衍化而来。他在革命队伍里一直都是弱者，但他从来也没有过抗争。因为任何人的理智都能明白，鸡蛋只能老老实实在篮子里待着，别说去碰石头，掉到地板上也是不行的，弱者倘有智慧，也是可以自存的，只是你不能"计利"，不能因为受委屈去挣扎。

有几次我问女儿："最近功课怎么样？"答复都是一个调子："还行吧。""差不多。""就那个样儿。"我觉得她是敷衍我，也拿她没办法。这事不经意。有一回看郑渊洁童话，原来天下的子女都是这样对付老爸老妈。他这一提醒，回想起来，我小时上学也是这般对付母亲的。又自家好笑。

但父亲从不关心这些事，对子女穿着他也是从不过问的。他只注意冷暖与饥饱，还有绝不许有坏思想，严禁谈恋爱——该做的事，时机不对，会把好事做成坏事。

不准谈恋爱

我生活在一个自由度相当宽松的家庭。父亲母亲

最关心我两件事，吃穿和品德作风，其实就第二件事
而言，他们注重的也只是我和女同学的关系——不准
谈恋爱。作风上头要求是不许稀稀拉拉、丢三忘四。

别的不说，"不准谈恋爱"的要求是非常严格的，
不单是行动上，且是思想上也要"远离女生"。我们
家的保姆老太太在这上头和父母配合得也极密切，她
告诉我："看女人要这样看——离着四五十步，看脸，
看身个儿；二三十步看腿；再近就看脚。"这么着"每
况愈下"地看，弄得我一辈子都不能迎视对面过来的
女子。不谈是不谈，但心里其实没有停止过"想"。
照了老保姆的话去做，做是做了，偏是我天生目力极
佳（验空军，我的视力是 2.0）。四五十步，对面来的
"芳容"全都一目了然，妍媸之分心里仍是十足。

有同学到家里来，倘是纯色男生，家里就会格外
热情大方，父母会破例放下手中的家务和工作，无拘
无束地和他们聊天，家中的好东西都尽数取出来大家
说笑享用。假如杂有女生，他们就会"谨慎"起来，
说笑归说笑，眼光不停地打量那女孩，也打量我，观
察会不会有"别的情况"。若是单个的女生来，他们
会变得矜持起来，礼貌格外周全，言谈格外庄重，热
情没有。这种"镇静"，今天回想，仍觉压力不小。

只有一次例外，父亲的一个老战友带着女儿到家来，也是我的同学。他的战友让我和女孩"比比个子"。我们真的立正站好，几乎零距离地对面相望着，呼吸相通。这对于已经习惯"每况愈下"的我，反而如同针芒在背，"比"出一鼻子汗来。

以后，发生了沧桑巨变，"文革"开始，母亲病故，家也让朋友同学们抄了几次，"翻黑材料"翻了个底朝天。我已和两个妹妹各自参军，走遍了千山万水。我在国防施工第一线，根本没有女人，遑论"作风"什么什么的。倒是偷着读了不少的书，社会阅历多了，知识也丰富起来——我想素质肯定也提高了。因为有事实证明：我写了一些书和文章。

但这些书遭到几乎一致的批评：二月河不会写女人。

老实说，书里的故事也有些男女情事，多是根据"资料"，别人讲述书上写过了的，加上自己的心里感觉和想象杜撰而来，因为实际生活中，我和女同学们"没啥"，后来的情形又不可能"有啥"。因此也只好"就这"了。

要要不要闹

　　父亲虽不打人，但语言非常犀利，说出的话像剃刀一样锋利。他自己的模范在那里摆着，得到一家人的敬畏当然顺理成章，不但我们四个子女，就连脾气刚烈的母亲也从来没有违逆过他的意旨。1960 年我祖母在邯郸姑姑家逝去，我和父亲赶去奔丧，同时要扶柩回山西安葬。我们在邓县坐了九个小时汽车（那时没有高速公路，也没有火车，汽车速度每小时也就三四十公里）才赶到许昌。父亲令我："到邮局给你姑父打个电话让他接站。"

　　可是我还从来没有打过电话，也不知道该怎么用这玩意，不敢犟嘴，也不敢问"到邮局怎么办"。极勉强地蹭进去，交了押金，报了姑父姓名，人家叫我："坐进电话房等着。"过了一会儿，服务员说："吕倜电话来了！"接着铃响，"房子"极小，只有六十厘米见方，尖锐的声音震得我心悸，忙拿起话筒，听见电话里说："你是解放吗？我是姑父。"我没想到电话里人言语如此清晰，这东西好新奇！兴奋得一跳老高，话筒一扔就跑出去，大喊："爸爸！我打通了！是姑父！"

"你给姑父说了没有？"

"说什么？"

"火车车次嘛！几点钟从许昌上车，几点钟到邯郸，都要告诉你姑父呀……"

"没……有。"

"那你再回去说。"

"我没说过电话，觉得很不习惯。"

"去吧。"

我蹭了回去，心说我已经打通了，就这几步路，你（父亲）就不能去和姑父说说？这是你们大人的事，为什么非要逼着我干（不可）？嘀咕是嘀咕，没敢有任何"表示"，老老实实回去"打了"。事后，父亲告诉我："你必须独立自主，有能力独立办事。"

他不像母亲那样反复叮咛，不要这样不要那样，如果这样会如何，如果那样又会怎样。父亲只说："你去办这件事"。那就必须去，没什么"条件"可讲。他的这一威权，几乎一直保持到生命终结。他生前一些话，尚未办完的事，我们没有想过变通一下。只是在他老年患病，终日为"安乐死"絮絮不停时，我才有"生命就是胜利"的三条忠告。并且我还说："爸爸，对不起，从今以后我要对你有所批评了。"

凌家有一条可怕的族忌。祖父、父亲、哥哥都有两任妻子，前房过世，后房继母。加上"被斗对象"，再加上"革命家庭"光环里头套着阴影，阴影又似乎是命中注定，这就看上去让人感觉"复杂"。总有人告诉父亲："不要背成分包袱。""不要多想过去的事。"而这恰恰是父亲一生最痛的伤口，他有心疾，怕听这些话，偏偏就是这些话不断困扰他弄得胆子愈来愈小，心也愈来愈细。最后他到什么程度？别人一说"穿毛衣"他就紧张，他认为是对毛主席的不敬。

他的这种状态，当然要影响到我们。我是二十八岁上结婚的。二十三岁（入伍）后，二十八岁前，家里一直不停开足马力为我"找对象"。父亲的条件是这样，贫农、党员——只要符合这两个条件其余的不问。

纪晓岚的《阅微草堂笔记》里讲了这么一件事，有人在北京租了一处老房，本来好好的，偏这人今天请道士驱鬼撵狐，明天又请和尚诵经祈祷，超度亡灵，请术士作法净房，法鼓神钹，香花醮酒，鞭炮烟火反复瞎折腾，结果引来了鬼，反而闹得他不遑一日之宁。

父亲这一病态，他太过重视，也招来了鬼，都瞧着不正常，看着"有点复杂"。我第一次探亲回家，正是年除夕，自己家吃年夜饭，是红薯面糊，"不忘旧社会"的忆苦饭，接着第一次第二次都这样。当时有一个老干部心里和父亲感情好。我听见他拍桌子骂："操他们八辈！老凌怎么了？什么鸡巴成分，把命都交出去了，还说成分！老子成分好不在乎他们！有人再说你告诉我，我用砖头砸死他狗日的！"这位老前辈今天已经过世，他的话我像昨天听到一样清晰。

父亲年轻时，给我的印象是：精细，口齿便捷锋利如刀，温和而不张扬。待到七十岁之后，精细和不张扬仍旧，脾气变得愈来愈急躁。他睡不着，大便拉不下，走路和母亲病时差不多，几寸几寸迅速地前移，语言也模糊含混，一肚皮的往事无处告诉，只好坐在沙发里，每天默默地看电视——他最注意的就是药品广告：能治失眠的药和治便秘的，他总能在第一时间捕捉到。然后就要和我们谈，要求去买——这件事做得如此认真，每隔十分钟他会提醒你一次："那个药对我很重要。"他绝不命令你"马上去买",而是一遍又一遍地强调"重要",又说"恐怕很贵吧"——如果不立即去买,那就是还没有认识到它的重要性,再不然就是你嫌贵。日子久了,我们做儿子的一见此类"广告",条件反射就是它重要。往往主动提出"要买"。他很高兴,但又怕我们是敷衍,每隔十分钟又会说"你们注意广告,有药要告诉我"……在这样的气氛下,我们往往是自动马上去买。买回来,老人会把药瓶全摆在桌上,戴上花镜,仔细看药品说明,看瓶口的出厂日期、有效期、禁忌食物药品、服法用量……买来的药够用多长时间都要一一写明算清楚。这些药都是不能报销的,此时我的收入已不在乎这点药钱,但他还是担心:"太贵了,你承受得了吗?"

虽然这些广告药物多数无效,但父亲从没有抱怨过假广告。他一次又一次上当、失望,但一次又一次重新期望,"再作努力"地重复要求,再来一次,终究,他能够落实的药也就是舒乐安定、松果体素和排毒养颜胶囊。其实他的病是积重难返,岂能是所有广告都假?这几种药有时也失灵,他就会变得异常焦躁,要求儿子们马上到他身边,听我们左一次右一次反复言语安慰。安慰得他满意就放你自便,安慰得不到火候你别想离开他一步，你去一趟洗手间他也要问"怎么还没回来"，在他最后几年，只要我在南阳，每天给他买水果带回去，还要随时聆听他召唤。

只要一天没有大便，他就会变得格外焦虑不安。因为这件事预示着第二天"必定便秘"。他因用药的缘故，加之行动不便，便秘给他造成很大痛苦：吃木耳、吃豆芽、吃长纤维的蔬菜。用槐角丸、香油、开塞露、排毒养颜胶囊……中的西的、土的洋的，什么都用完，有时还是不济事，他憋得躺在床上不能动，我的弟弟每次都用手指一点一点往外抠。

说起来很惭愧，这件事本来是人子应尽的义务，我一次也未做。我后来的身体状态也不良，高血压、高血糖，肥胖得身子很大，只给父亲洗洗脚就弯腰透不过气来。应该说弟弟和弟媳是尽了力也尽了心的。我所能做的，只是每天回去看看，带点苹果、香蕉之类的利便水果，安慰几句，然后回来做自己的事。为了安慰，也为了好记，我送他三句话：

生存就是胜利

痛苦也是幸福

一切听天由命

后来又加一句"要要不要闹"——就是说你需要什么只管要，不要闹情绪——但是，清醒的时候这四句话不用你教，烦躁的时候他一句话也记不得。

记不得的时候，他常翻报纸，寻找"安乐死"的消息，某个国家允许"安乐死"，某个人"安乐死"得到某国政府的许可，这些消息可以去问我父亲，他必定能详尽告知。他的晚年是在痛苦希望与期望"安乐死"中度过的。

必须离

我的爷爷可以将《道德经》背得滚瓜烂熟，父亲唯一可资精神寄托的也是这部经，他一本又一本地抄，抄了就送人。年轻人、老人都送，他想将这份神秘的慰藉分送给所有的人。

他在离休之后，有一段时期爱园林作艺。没到干休所前，在军分区大院我们房前房后，他种花、种瓜、种菜。自己家也吃，但更多的是送人。我们家满院都是菊花。一到秋天，他会买回一平板车的花盆，一盆一盆地移栽。

春天，父亲就会带我到野外——当然不是赏春，更不是伤春，他似乎从来都不在意，或者说根本就没有这个情调的基因——他带我去寻找嫁接菊花的母本：野蒿和野艾。

——移回来，密集地栽在苗圃里。还有扦插的各种树苗、月季、桂花、松针、小柏枝……没有他插不活的树，连核桃树枝，什么无花果枝，他插上准活。这一小片苗圃三平方米大小吧，事先是深翻（这活是我干），他把沤好的大粪一层一层铺好，小水小量时时勤浇，我不记得哪一枝是死掉了的——等大一点他就一盆一盆地移栽。黄蒿、艾蒿也大了，栽过来，再嫁接菊花。到秋天，一盆菊花可以开出五六种颜色。这样的花倒不是谁来都给，是我端上送他的战友和军分区首长。

他的嫁接技术也是很好的。多少年后，中央电视台报道一则消息，说西红柿和马铃薯嫁接成功——上头结西红柿，土里头是土豆。我和妹妹看了都笑，因为几十年前父亲试着嫁接这两样，每年都接，每次都成功。但他很失望："山药蛋长不大，西红柿也长不大。"顺手拔掉扔掉。中央电视台那录像我也见了，似乎长得还不如父亲的好，父亲说："西红柿这东西最好活，一片叶子扔到地里它就生根长苗。"他喜爱西红柿，除了果能吃，它的叶片能治便秘（但它毕竟有毒，还有番泻叶父亲都用得谨慎）。

……把桂花枝皮削掉半边，用塑料袋包上湿土肥料严严实实包扎起，第二年春天，在原枝上部剪断——一株新生桂花树就诞生了。桃树、杏树、梨树……这种枝和那种枝，靠接、枝接、芽接；没有他不接的，他只要接，没有接不活的。

父亲一辈子很少发火，但他有时很严厉。我没有听他说过一个字的脏话、粗话，对自己子女是这样，对外人更是客气。对子女的错失，他的言语锐利，让你深悔羞愧；对外人，一般是寡言冷淡，有点"难以接近"的意味，但有一次为了他种植的瓜菜，却和军分区的一位同志发生了激烈的冲突。

在干休所未盖成之前，我们家在军分区大院里住着一个很大的院子，有一座歇山式的草堂（草顶、古建筑常见的那种式样），父亲和另外一位退休人员同住草堂，大约我家有三分之二的面积，剩下的他住。算是近邻吧。

父亲把这个院子变成了花园，靠墙根一带则种着许多草一样的中药，点种的玉米、向日葵、丝瓜、南瓜之类，那邻居也在墙根点种的有瓜类。有一天早晨，隔壁姓娄的那位退休参谋突然气冲冲地到西墙旁边，嘴里唧唧哝哝不知是说话还是骂人，手里猛撕乱扯那丝瓜秧。坐在正房里的父亲终于忍不住了，出来站在门口，挺直了身子，我很少见他这般威严的，看也不看那人喊："娄参谋你干什么？"

"我没，"那人似乎怯懦了一下，但很快镇静了，提高了嗓门，"我种的丝瓜让人偷了！"

"你的丝瓜？"

"是我种的！"

父亲背着手走下台阶，说："不错，丝瓜是你种的。架子是你搭的吗？还有，你浇过水施过肥没有？"

姓娄的打住了，不安地干笑着走出地边，说："首长，别发那么大火嘛！我是说，种了丝瓜吃不到丝瓜，要这瓜秧子干甚——"

"我不是你的首长！我也没带过你这样的兵！"父亲冷冷地说，"你必定想，这瓜是凌尔文吃掉了是不是？"

"没有没有……"

"我从不吃丝瓜。"父亲看也不看他只顾自说自道，

"你太放肆了！你知道你是哪年的兵？我如果还工作，你敢吗？"

"首长……"

"我说过，我不是你首长。"父亲在盛怒时是这样，根本不看对方脸色，"我们农民出身，别人到自己地里拔一根葱，一个山药蛋，都是罪过吗？"

"首长——我……错了。"

"你不要给我认错。"父亲继续说，"你去给政治部认错！你的丝瓜我没动，解放他们也没动——是你们詹副参谋长的小儿子摘的——你要去给詹副参谋长道歉！"

父亲说完一甩手，进屋"砰"地关上了门。我还站在院子里，还在寻思"给詹副参谋长道歉"的道理，姓娄的已连忙在自来水管（在院里）上洗手，对屋里大声说："首长别生气，我这就去——"他跟跑着去"道歉"了。

父亲在部队，母亲在地方工作。他们两个人长期吃"供给制"——每人每月：父亲是六元，母亲是四元吧。这个数，今天看是有点天方夜谭，但其实在共产党革命队伍中长时间全面执行过这个制度。我是后来"有了学问"才晓得，供给制还有一个名字，叫"战时共产主义"——贫困的平衡，按需分配，其实很舒服的，有点像初入伍时的义务兵——我们现在去当兵，也大致还是这个待遇，吃、穿、住、用的都是公家管，穿的，除了裤衩，连袜子都是"发的"。父亲那时连牙膏肥皂都是"供给"，好处是什么都不用操心，到时候就会有人给你发；不好处是没有积蓄，攒不住钱。就那几个零用票，想打打牙祭，改善改善伙食都有点窘困。我们兄妹——部队子弟都一个样——不享受"供给"，但每人每月是另有二十元的生活津贴。所以当时在部队有口谚，"一个孩子是贫农，两个孩子是中农，三个孩子是富农"，四个孩子？则是"地主"。父亲出身成分是富农，很不体面，但在部队，他又是堂堂正正的"地主"——他有四个孩子，每月全家可以拿到八十八九元。这个数字，在那个时候，可以说是笔巨款了。

曾经有一段时间，地方上已经实行工资制，但部队仍在供给。母亲的收入一下子涨到八十多元，而父亲还只是"六元"。这样，父亲就必须吃我们兄妹的津贴，吃母亲的工资。但是很快的，在军队的父亲实行了工资制。他还另有军龄补贴。每个月工资袋里能拿到二百一十六元，加上母亲的钱每个月就是三百元了。

老子讲"祸兮福所倚，福兮祸所伏"。直到人类消灭，爝火熄尽，这句话也是真理。当时一个县委书记工资不过八九十元，一个地委书记一百三四十元，那是"普遍现象"，即使军分区的司令老红军，工资也就三百元吧——而我们家处洛阳，应该说是个不小的名城。父亲"进步"虽慢，然而资历较老，收入不菲，加上母亲的，在洛阳这样的城市里，也是很扎眼的。

已故作家乔典运的生花妙笔写过，人要想活得平安，就得活得不如人，你不如人，可怜而无害，一般来说，如杨白劳那样，只要不欠黄世仁的债，黄世仁不大会主动拾掇他。杨白劳也有强项，他的女儿太好看——这一条比人强，所以招来无妄之灾。

父亲母亲都很安分，都不是惹是生非的人，他们入伍早，进步慢，在革命队伍里，本来是个弱者：处处不如人。在供给制下，大家区别不很大，一下子跳进工资制，人们一个早晨就明白过来，这个吃中灶的老凌，原来比首长还有钱！军衔定得低，该晋升军衔时送他到不能晋升军衔的干校去"学习"，母亲在陕县如鱼得水，到了"工资制"，在洛阳就受排斥。我看有两条原因，一成分高，好比软柿子，好捏；二"工资"冒尖，收入丰厚。可怜的父母，我认为他们第一条原因记牢了，第二条原因是忽略了——他们认为是洛阳风气不好，换一换地方就成，到了县城，他们才知道这里的日子更难过。因为好人坏人、正常人偏执人，只要是社会人，都有点正常劣性：妒忌——很平常的一个思维方式："他们收入三百，凭什么？"——人们这时不大会想我的父母都是"老革命"，父亲打游击在古墓中住过多少年。"他妈的！"人们如此想；"他妈的！"二月河也这般想。

唉……人在矮檐下，怎敢不低头？我的感觉，父亲母亲一辈子都在矮檐下，我就没见他们抬过头，也不曾听到过他们真正欢快的笑声。真的，一次也没有听到过！他们的忧郁沉闷伴随了他们的生命进程。父亲有一次叹息：做一个共产党员真难，母亲更正说，做一个人就真难！还有一次，是反右斗争之后，父亲问母亲：假如我划成右派，你会和我离婚吗？母亲连想都没想，说："必须离——解放他们一辈子重要！"这个话是父亲快要走到尽头时，垂老风烛中传告给二月河的，他还告诉我，尽管知道母亲的话理智，尽管他也知道她爱他，尽管事情并没有发生……

这是多么凄冷的情韵!

有情谊，无恩怨

我们家收入高，不讲究穿，但吃的绝对是军分区头一份，每天我和妹妹到军分区食堂打菜，红烧肉、木樨肉、红烧鱼、烧肚片……用塑胶木大盘——直径有一尺，打得冒高——河南话说叫"岗尖"一大盘，招招摇摇穿过大院端回家，所有的人都看见了，走过去都嗅见了，我认为是嗅到了心里头——这种"味道"也是会生根发芽开花结果的。

但即使是这样吃，以那年头的物价水准，他们的钱也是远远花不尽的。然而母亲逝后，父亲有一天向我们兄妹交代"账目"：我家仅余一千余元。他把情况详细介绍说："我就要给你们续娶母亲，有句俗话说——有了后娘就会有后爹。但现在我还不是后爹。把经济情况告你们，把余钱也大家分了……"他生恐自己"变心"，在"变心"之前把不变的原则交代清楚。

这样我才知道邯郸大姑家的祖母，大舅舅家的聚财大表哥，后来写《二月河源》的大哥，是他的长年资助户，另有二姨家表姐吴爱明、大姑家大表哥是他临时困难资助户。这几个受资助的亲人，在1957年前我除了表姐吴爱明之外，都是影影绰绰的印象。知道有这个人，没有见过面。见过大哥(凌振祥)一面，但已没有了形容记忆。"爱明姐"的印象比较深，因为1953年我回昔阳，大人们忙他们的，多半时间是她带我玩，到墕墕上去看场院，走路拉着我的手"看崴了脚"，告诉我"你是城里人，不要欺负人家乡下人"，爱和我一块玩，这就行，印象深。对这位大哥，我的印象是他会拉胡琴，用玉茭秆做的"琴"也能弹出很好听的"叮咚"声，我当然没想到他有音乐天赋，十二年后，湖北艺术学院在河南招生，仅录取三名学生，他便高居榜上，我更猜想不到他们日后会结为夫妻完全加入我的河南家庭，但我们从小就非常友善。

他们之间的邂逅也是颇有意思的。我的姑表大哥吕贵成是小学老师，振祥哥和爱明姐到他卧室玩，看到了墙上挂着父亲的照片，爱明姐说，"那是俺姨夫"，振祥哥说，"那是俺叔叔"，大表哥哈哈一笑说，"那是俺舅舅"——这样，他们才彻底"弄清关系"。

大表哥的父亲吕偶在河北，领导着他那个"系统"

红色家族。振祥哥和爱明姐却是属于父亲统率的"河南系列"。

姑表兄吕贵成是小学教师，舅表兄马聚财务农，只是生活有点困难，父母对他们只是有些关照。吴爱明是孤女，但她有二姨夫照顾，继父对她也颇怜惜爱护，父母对她的照顾比表兄们多一点。我的印象，他们最关心的还是我的大哥凌振祥。振祥哥说，"叔叔对我的爱比对解放有过之而无不及"——这是他的感受。比较实际的情况是：父母的心公道，能设身处地为这些弱者想事情就是了。我常听父母在灯下议论。

父亲问："振祥的钱寄了没?"

"寄了。"

"这个不能短。"

"知道。也给聚财寄了点。"

"爱明，还有贵成，要想着点，写信问问。"

"信已经寄出了，还没有回信。"

这种场合很多了，但我不知道它的意义，认为和我没有关系，但事实上，这和我家的经济情况有关。

我始终有个感觉，父亲对伯父有一种负债的情结：没有伯父就没有凌尔文的今天。伯父是他的老师，引路人，亲密无间的长兄。把他带进了人生新境界，而伯父自己却离开了人间……留下的这两个孩子，当然应该由自己全力照顾。按照当地政府政策，我大哥是烈士遗孤，上学、生活应是国家全供，但父亲没有让哥哥接受这个待遇，而是完全由他自己负起了责任。

这是父亲百密一疏，或者说，由于他本心的过于善良，造成了错误。孔子讲"过犹不及"，人生本就如走钢丝，从右边掉下去和从左边摔下去结果是一样的。过于善良毛病就出在这个"过"字上，他忘记了社会学上一个重要的原则：形式有时比内容还重要——部队是打仗的，勇敢、能厮杀就可以，为什么还要走队列，甩正步，无端地夜里紧急集合？——非如此，任何一个部队都会被带垮！

倘使大哥享受烈士子弟生活费、学费以及诸如此类的政策，他就是全挂子标准的"烈士子弟"，连同政治待遇也是与之同步的。人们不记得他叔叔，就会更多地忆到他的父亲"曾为革命抛头颅洒热血"。现在完全是另一回事：他（我哥哥）家中还有一个富农老太婆（奶奶）和他同住！供养呢，又全由他远在河南的一个叔叔！当然，哥哥受欺侮，还因他敢于直言，耿直率真等等原因。但我谈的"理念"是事物的本质。大哥在学校受尽践踏，最终还是给了他一碗饭，到深山区丁峪去初中教书，还是理念在起作用：一个本质的事实是他的父亲是抗日烈士，是在河北武安县被日本人包围，机关枪打死了的。

大哥在学校糟透了，爱明姐却很好，是学校团支部书记，她的政治背景很自然也很和谐——烈士子弟，继父姓翟，她姓吴，吴可纠的女儿，用贾谊一句话："陈利兵而谁何？"这个地方是老抗日根据地，抗战胜利后国民党就没有打进过，人们受的都是抗战熏陶，烈士应享受的待遇也是很优厚的。父亲的仁爱抚孤，反而让人忽略了"抗日子弟"这个政治理念。"思想右倾"也好，"反动"也罢，都是冲"富农"这条而来的。

我在读《邹阳在狱中上梁孝王书》里头有这样的话："明月之璧，夜光之珠，暗以投人，莫不按剑而相眄，何者？知与不知故也。"我敢肯定，父亲没有读到这篇文章：是明月之璧，是夜光之珠呀！那是多好的物件？你在夜里投出去，接受的人非但不感激，还会按着宝剑向你瞪眼——为甚？他不能知道你，他不知道你的意思！你凭什么那么大量，自己养活侄儿呀？

父亲一生都念念不忘伯父的恩情。这种感觉，他愈是进入老年，愈是使人强烈认知。他的追念是很真挚的："我哥哥说，小家庭好，他是勇敢呐，首先提出分家就分出去了。你爷爷问我：'孩呀！你是不是也要分家？'我实际上也想分，但我不敢说，我回答你爷'我不分家'……""我哥哥说'大丈夫患立业之不就，不患家室之不立'……""我哥哥说'要学樊哙、张飞'，能在百万军中取上将首级。"

　　"我哥哥说……"他不停地反复地念叨，他希望他的大儿子凌解放能像"我哥哥"一样善待弟弟。有时他沉吟，闭目躺在那里谁也不知他想什么，我认为他是在回忆他曾经有过的壮丽，问他，他却说："哪里能用壮丽？不堪回首呀，有些事连想都不能的……"我劝他："没有人能够再伤害你，不要心有余悸，爸。"他喟然一声叹："要是心有余悸就好了，我浑身上下全是悸，连一点不悸都没有。"我也打心里叹息："这是心病，母亲如在，也许能医，子侄辈不是过来人，没这个能力……"

　　1962年三年困难缓解，但母亲的病却日渐沉重，当时，我独自留邓州，举家已迁南阳。组织上找父亲谈：如果他愿意，可以到洛阳军分区干休所去休养。父亲拒绝了，他告诉我："已经在南阳何必到洛阳？那个干休所大，熟人也太多，恩怨也多，不如在南阳……"我知道，南阳军分区的首长待他亲和，他离休到军分区大院住，为了不影响他休息，军分区司令曾下令，机关停止早晚广播吹号，改吹哨子行动。政委是他在栾川剿匪时的战友，政治部主任也在长沙军校同过学，有情谊，无恩怨，当然在南阳要心情畅适些。

就这样决定了下来。为了照顾母亲的病，他们首先考虑的是让我辍学，他们知道我学没上好，"有个工作，有碗饭就行"，但母亲不同意，说，解放不是个伺候人的人。他根本就不会，也下不来身子。不如让他和爱明早点结婚，让爱明过来……但爱明姐比我大两岁，两个人又商量，把振祥哥和爱明姐撮合起来，两个人都调到南阳。

就这样，这个南阳凌家有了一个新的整合，大哥和表姐都是烈士子弟，一个和我同祖父母，一个和我同外祖父母，他们之间没有血缘关系，从小在一处，也从小都在我父母卵翼之下生活。他们之间素来感情很好，确实是天作之合的美满，这样就构成了现在这样一个大格局。这件事做到了这样的程度：即使是南阳几十年旧交，也长期以为大哥和我是亲兄弟，听我叫嫂子为"姐"，很多人惊讶："你们家奇怪。"

薛宝钗派

1963 年，母亲工资因久不上班减少百分之二十，1966 年部队取消军龄补贴，我不但没看到父母沮丧，反而见到他们有点高兴，"少一点好"，"钱够用就好"，"早就该这样做了"——他们如是说。也许他们经过时间的沉淀，看到了"比人强"的危害性，或者是下意识地认为：可以让别人稍微消消气。

在这一条上，父母亲可以说是十分默契。我在邯郸大姑姑家，见过姑父打孩子，他打的不是自己的儿子，而是寄养在他家的大表姐的儿子。他一边打，大姑姑在旁哭着拉。大姑父是出了名的"不怕老婆"的，被她劝得恼了，回身怒视大姑。很像要给她一巴掌似的，转眼看见我在旁边，狠狠出一口粗气，一屁股坐了抽烟——我家绝无此事。父亲对我们的管理主要是说理。他从不打人，但他哼一声，脸上稍微带一点

"不愉"之色，我们兄妹个个都会屏息、蹑脚、递眼色说悄悄话。

父亲的教育思想是，一、子女要独立；二、子女不能在政治上出问题；三、身体健康；四、不谈恋爱。他期望我们子女成才，然而他的这个期望值愈来愈萎缩。

父亲给我的第一课是《西汉演义》，第二课是《东周列国志》，接着鼓励我读《史记》。他从没有让我读《红楼梦》，更没有谈过《水浒传》、《西游记》这些书。如果说"红学观点"，他倒是个"薛宝钗"派。

"薛宝钗健康，上下左右关系处理得好。"

"找媳妇要薛宝钗这样的。她懂得别人，能将心比。"

"薛宝钗聪明，是领导干部的材料。"

"不能学林黛玉，她谁也团结不住。"

"吃饭吃得像猫儿那么少，林黛玉能做什么事？"

"林黛玉是饿死的。"

我告诉他，我同情林黛玉。父亲想都没有想，说："同情是一回事，相处又是一回事。一个人要让别人同情，说明这个人社会生存能力有问题。"父亲对贾母有好感，对贾政也是正面印象，"一个家庭的主要支柱，他要在外面站起来"。

很明显，父亲压根就不指望我能从文学作品中汲取什么，即使《西汉演义》这些书，他也不是欣赏其中的文学性，而是"大丈夫建功立业，轰轰烈烈一世英雄"。我们很明显地能感到他的期望，没有哪个子女敢于叛逆，做与他期望不一致的事，我在初中就想读《封神演义》、《三言二拍》这些书。试了几试，看他的脸色，还是把话吞了回去。我读红楼、水浒、三国、聊斋都是在学校"违父兄之命，背师长之教"，在破课桌缝隙一行一行偷偷看下来的。

"吃供给制"的干部子弟是很牛的。我听父亲和母亲说："对解放学习不要逼得太紧，我们的子女该有工作时还能没有个工作？"

但后来的情势和他原本的料想很有距离，当我面临能不能考上初中时，我认为父亲已经觉到了紧张："初中不毕业能做什么工作？"他这样问母亲，"当工人？"母亲沉默不语。

随着他的胆愈来愈衰，我的"工作"问题变得愈来愈令他焦心，气愈来愈短。

"考不上正规的，上个民办的（毕业）出来当个工人就好。"

"当干部恐怕解放不行，他学习不行。"

他对我说："你能有个工作，有个好身体，就应该满足。"

从"学薛仁贵，顿餐斗米建功立业"这一心胸逐步下滑到"有个工作就行"。

不要付出感情

然而到 1968 年，有了一个机会。这年大征兵，仅仅南阳一地区就征兵数千。一时，军分区和各县武装部来来往往的都是陌生面孔的军人红领章、红帽徽——他们是各地部队来南阳接兵的。这一年上山下乡的运动也已如火如荼地拉开。我时年二十三岁，已经超了应征年龄一岁。军分区首长都是好人，他们同情也关怀父亲这位不得意的少校，按军分区党委的意见，是努力把我"送出去"，然而接兵部队却更喜爱我的二妹妹凌卫萍，她聪明、漂亮，口才也不错，干净利索。和一向马虎，大大咧咧，不懂人事交往世情过从的我一比，她的优势是明显的。

一边要接妹妹，一方要送哥哥，发生了矛盾。军分区来"征求老凌意见"，父亲从不在个人私利上有所计较的，这次非常坚决："请首长考虑，我革命一辈子，没有任何个人要求。我希望两个孩子都走——他们应该到部队上锻炼。"军分区首长作了指示，办事的同志竭力工作，我和二妹妹凌卫萍同时参军。记得父亲是这样，他长长地吐了一口气，坐倒在我家唯一的竹躺椅上，以手加额："这件大事办下来了。"

　　没有走的是大妹妹。她身体弱是一个原因，以她的个性，是一热血性情，激昂慷慨的青年。她坚持说要下乡，在广阔天地大显身手。相信报纸，相信当时铺天盖地的宣传——因为她压根不知道"上山下乡"口号的具体落实对个人的命运有什么样的影响。父亲对这件事有口难言，因为要从他的口中说出任何与政策不符的话比登天还难。他不接受任何异端，而现在这"异端"却是从他不能冒犯的地方发出来的。他心里沉重，脸色也阴沉，只是一遍又一遍地告诫大妹妹："要考虑困难。道路曲折、艰难、复杂……千万千万不要在农村谈恋爱，千万千万不要随便对人付出感情……"——他说这话时，大妹妹未必懂。但她很快就懂了。她在这段时间，身上长了牛皮癣，本来就弱，更羸弱了。又黄又瘦。这个时期我在军队，我想妹妹恐怕一下乡就懂了，尤其是当返城时，父亲三番五次宴请他们的大队支书，她已是彻底懂了。大妹妹凌建华是个个性开朗、豪爽、开放型的孩子，围棋下得好，朋友多，心绪容易调整，而且她听话，始终没有在农村对谁"付出感情"谈恋爱。不然，后果真的难以想象了。

一个大队支书有多大权力？你进了他的一亩三分地就明白了——比总理大十倍。父亲（后母）心眼用尽、反复送礼，希图大妹妹招工，最终也是镜花水月。直到"运动后期"别人纷纷回城，大妹妹还滞留在那里。当时是家中来了一位不知哪个县里的领导。他是父亲的旧部，父亲向他诉苦："建华还没有回来，没有一点办法。"那领导从兜里掏出个烟盒子，在上头写了几行字，给父亲："你带这个条子去见×××（支书），他不放人，我剥了他的皮。"这样，妹妹才得以回城。

大妹回城后变得很顺利，她属于先天厚福的那种人，她兜里只要有两元钱，就会用来买吃的，花光为止，没钱再想办法，没有当官的念头，也不求有什么大的建树，对任何人不设城府，有话就说，有泪就流，流着泪一句逗笑她会破涕而笑。下棋输了会哭，边下棋边哭，赢了又嘻天哈地。一句话，她"没有心机"。她被安排在"晶体管厂"，而后又随丈夫去了油田，日子过得潇洒自在。

有些事，你负不起责来

问题倒是出在我和二妹身上。我们两个"争一口气"的心太重了。我1968年入伍，1967年底集中在新兵连。军籍还没定，已经定了入党重点发展对象。到施工连，连长指导员都看重我，几个月的时间又再度确定我为"发展重点"，连里的大批判稿子，黑板报，连里组织宣传队，都由我负责撰稿创作。正准备填写《入党志愿书》，且是要任命连"统计员"的时候，团政治处一个电话，调我去"帮助工作"。

这样，重新来。反复了几次，1968年入伍，1969年下半年还是让我填了《入党志愿书》。这似乎是非常顺理成章的事。外公，地下党；伯伯，烈士；父亲母亲、姑父、舅父、三姨夫、四姨父都是共产党员，我入党有什么问题。我没想到的就是父亲把家史的阴暗部分长期对我有所回避。这就发生了"谈话"的事。要交代姑姑被斗致死的"历史问题"，还要谈对这一问题的认识。

父亲极为看重这件事。为了这件事，他写了一封长信给部队党委——这封信写了些什么？他怎样表述事情的经过与性质以及他对"问题"的认识，我一点也不知道。我出差南阳我们父子见面，他也没有谈及这封信是怎样写的。我1971年春节至今都想知道他是怎样行文说明的。我为此事入党时间整整推迟了半年。1971年他说，自从接到我的信，直到我入党，他本来就严重的失眠症加倍地严重，"根本无法入眠，睡去半小时就会猛地醒来……"直到我向他报告，我已入党，没有预备期，现已是正式党员，他才一口气松下来。他告诉我："你立了一大功。这不仅是个你入党的问题，而是你们兄妹是否有入党资格的问题，是整个社会对你们地位的观察角度问题。你是你这一代第一个入党的。妹妹们就好办了。"——他全心全意，终夜辗转不能成寐，希望的也就是"整个社会"能不再把我们兄妹像他一样地作为"富农"歧视冷落。他的这个话有道理。二妹随之很快也入党了。但她那

1970 年的二月河

个单位是个高级保密单位，人人"根红苗正"三代无瑕疵，二妹本来是决定要提干的，因为有此"瑕疵"而复员回宛。二妹凌卫萍的个性与她姐姐不同，细致、精明、有内涵而不外露，心事重。她入党时与我有同样的经历。"红色家庭"的概念一下子出现了故障，提干的事也泡汤，她郁郁地回到了南阳。

子女的择偶，父亲也是同样的标准。我1971年出差连同探家，总共是二十天时间。他和继母昼夜不停地为我物色对象，邻居们笑："老凌现在是栓保爹，老安（我的继母）是栓保妈。"二十多天时间，介绍了将近四十个"朋友"。绝大多数是女方不同意，理由是，一、我的部队离得远；二、我本人提干年龄偏大，前途没保证（这一条没人说，是我感觉到的）；三、家庭复杂；四、我的牙不好。对象家的政治问题由我父亲审评，对象本人的"艺术标准"则是由继母观察——我本人似乎完全是局外人，现在回想起来，我们是出于对父亲的信任和依赖，认为我既在外，根本无条件谈恋爱，"是个女人"，"下雨知道赶快回家"就可以了。在我心底深处，还有一个思想，"大丈夫事业为重，妻子何足为患"——这是个潜意识，是父亲早期给我的影响所在。

总而言之，我找对象，我没操心，只有一家，人家愿意，我也同意"谈"，父母亲都很高兴。但第二天又有消息，女方父亲"一个学校校长"有历史问题，是个"国民党"。父亲像被开水烫了一下，倏地站起身来："不能考虑！"他的"政治标准"是决定性的，只要有历史问题的一律"不行"，只要是党员，或贫农，全都"可以"。在政治上要合他的格，是空军飞行员的标准。他说："她要跟你一辈子，她的一切都要跟你，包括她的负担也是你的，有些事，你负不起责来。"

　　也许吧，现在已经不能问他了，1955年的"审干运动"是条杠杠。这个界定年过后，他的神经衰弱变成了"官能症"，在有毒的空气的漫淫下，他有了条件反射式的过敏。

　　小妹妹凌玉萍是1954年生于陕县。母亲因工作忙，无奶，时年父亲也调洛阳，在洛阳郊区菜农家，寻了一个奶娘，她也就因此成了农村户口。对此，我的小妹妹是颇有意见的。"哥和大姐二姐都是城市户口，为什么让我一人留农村？你们知道1960年我在乡里怎么过的吗？"其实这件事父亲多次说过："跟着我有什么好？奶妈一家待她很亲。"——这时我们已有了继母，且继母又生了一个小弟弟。继母安红军很贤惠，她在真正了解了这个家庭之后，也同样介入了这个家的忧患阴霾——"咱们一家人走路都和别人不一样，是双着趄着（摸索着）走的"。但她和弟弟来到这家庭，使父亲觉得关系处理变得比过去复杂了点，在此情形下，他没有急于让三妹回家。但到了玉萍十六岁时，是"政策界限"——再不回家，就会真正变成农业户口。父亲非常迅速地为她办理了回城手续。

父亲一生都在告诫我们，"走，是原则。三十六计，走为上——这不是一句空话，是值得奉行终身的。"我的记忆中，是在大哥1964年夏"走"（到武汉上学）时他犯过犹豫，因为这时母亲的病重垂危殆。本来让大哥和爱明姐来宛，就是想身边有人照应的。但母亲从口中迸出一个字"走"，他立刻释然放大哥去了武汉。小妹妹参军的事从她到南阳第一天，父亲便已作出了决定。

这是1970年。这时的军分区，已不是他离休初的情形，老熟人、老首长垮台的垮台，打倒的打倒，纷纷卸职离任，新的领导不熟悉，且"后门"入伍之风大炽。父亲挨个回忆自己的首长"还在位的"，他想到了王维国——林彪事件中的著名人物，空四军政委，他带了小妹妹赴郑州，准备转道上海去见王维国。

假如这件事"办成"，后果是可想而知的，再假如王维国喜欢聪敏、机智、泼辣的小妹，选进"小分队"，那是不堪设想的又一情势。

但上苍对父亲的惩治已经厌倦了，也许它觉得已经是太过分了。父亲走到郑州，突然头疼，不是失眠，而是尖锐性的那种疼痛，他实在无法再继续"走"了。住在军队一个招待所，恰又逢到他的一个旧部，在省军区是处长，很当权，且又负责着"后门"，一夜之间，一切问题全部解决，妹妹参了军——一并——在驻马店159医院当了卫生兵。

就我自身的感觉，参军入伍之前，除了觉得父亲过于细致周到，过得太拘谨小心，没有觉到他的病态。他是我们家族的太阳，这太阳不够温暖，但这太阳灿烂，他的光荣照耀着我们每一个人，他是包括亲戚朋友都在心理上敬畏敬崇的神灵。谁也不曾怀疑我们的家史上空笼罩着这么厚重的阴云。父亲在我入党后，才对我讲："真实的情况是，我们是一个光明磊落的家庭。家史上有些事长期没有告诉你们，是有些历史谈不清楚。你们还在上进，我不愿你们有任何阴暗心理。"然而他没有想到，这个社会的情态，偏偏不能满足他的这点希冀。小姑姑的死"曝光"，奶奶移居邯郸，哥哥在学校受到的歧视待遇，随着"入党"的事一件一件"东窗事发"。原先很多想不懂的事，渐渐拂去了尘埃。父亲虽绝口不作解释，我们却愈来愈明白自身的"社情"——阴极的电流和阴极一样强大。

这种有毒的氛围对家庭的每个人都有决定性的影响：一旦明白了自己其实是个弱者，相应的人格格局就会变成这样：我们兄妹个个都是谨慎有余，进取不足。人人不敢杀鸡宰兔，绝不惹是生非（我的小妹妹幼在洛阳，十六岁才返回家中，她是例外）。吃了亏没有人敢说一句"报复"的话。一个个都练成了"打太极拳"，柔和而防卫周到。每个人都随时注意自己的任何言行，学会了审时度势。绝没有人说大话，帮助别人也是量力而行，努力去帮，帮成了你不用感谢，帮不成也请不要抱怨——这样一种帮法，绝无"后顾之忧"。父亲把聪明、睿智，心灵的周密防卫术，与人为善的心地，连同他对社会的病态畏惧，都传给了我们兄妹。我们祖训中说的"退一步想"，做到了淋漓尽致，"夫然后行"，"行不得也哥哥"。

切南瓜的刀

任何时候，任何地点，父亲都说他跨入革命队伍，是伯父的提携与帮助。这肯定是一件历史事实。但在思想上，我认为父亲是受《西汉演义》的影响，走向抗日建国之路的。他不下十次和我们谈起这部书对他的影响，"大丈夫建功立业于当世，这本书的积极作用是非常大的"，"你伯父是领路人，我认为他带的道路是大丈夫当走之路"。他可以大段大段地背诵书中关于张良的情节与语言，"今吾主借粮，非借粮而实借良也……"他背这些书时精神会突然健旺，眼睛会放出熠熠的光彩，这时的他全然没有病态。他神往那样的风云际会，使你感受到的是那个时代的特有氛围。

父亲参加革命时，已实现国共合作。他初做税务征收员，后入抗日高校学习。后来我知道是抗大山西分校。这时期校内情况比较复杂，阎锡山、薄一波的两方势力都在校中设有支部，各做各的"工作"。对象当然是这些学员。国民党的支部书记找他谈话，希望他"入党"，他拒绝了，说，"我只知道抗日，不知道入党"。共产党的支部是"地下"状态，他经过长时间观察，找到了支部的领导，约见谈话：

"×先生，你是共产党吧?"

"你怎么知道?"

"我觉得你是。"

"你找共产党什么事?"

"我想加入。"

"你为什么想加入共产党?"

"那（共）是好党。"

"可是，人家国民党有中央政府，国民党势力大呀!"

"不错，但它走的是下坡路，共产党是上坡路。"

父亲就这样入党的。家庭成分确定之后，他是长期这样界定。人，只要入了党，阶级属性便已确定，在队伍内部就不会再被划为异类，不会受欺侮了。在我们子女这一代中，我是第一个入党的，起初因为小姑凌尔婉的死受阻，我从"纳新"的队伍中被淘汰下来，一个月后，按照一般的入党程序又填志愿书被批准入党。父亲一直紧张注视这一过程，直到我入党信息确定，他一口气松下来，竟然睡了一夜好觉，第二天又醉一场！他说："你这件事的意义不仅在于解决了你自己的政治问题，你的事说明，我们这一代的事不会影响你们的进步，你能入党，你妹妹当然也能……"他认为，个人的功名是自己挣，谁也代替不了谁。当他发现他自己的历史及成分对我们有负面影响时，他一定非常痛苦，随着我的入党，他卸掉了这一包袱，他认为这件事的意义"非常了不起"。

父亲除了《西汉演义》，还读《三国演义》，也读《红楼梦》。我以为他并不喜爱小说，而是喜爱一部书的某一种情调。《西汉演义》是他之最爱，但他只说过其中"大丈夫立功名于当世，垂书帛于万世"这一观念；《三国演义》他读过，在抗日战争中他使用关羽"身在曹营心在汉"的话，作为宣传，对投敌变节的汉奸作攻心之战。他从不谈《三国演义》，偶尔谈《红楼梦》观点竟是教育我们："要吃好，身体棒棒的，林黛玉斗不过薛宝钗，不就是身体太差吗？吃一顿饭，猫一样的能做什么事？"

他关心政治，不关心文学。一部《东周列国志》

他熟悉到每一个细节，可以纠正你每个年月，这是他对中国春秋时期政治形态的了解，他对现当代的世界形势的了解，比对中国古代还要周详明了。在这些事情上你和他谈论，你会觉得他的思路像剃刀一样锋利，语言像芥末一样辛辣。我以为命运是这样捉弄人，你本来准备做一个政治家来磨你的刀，上帝用这把刀在砧上切南瓜。

我记得有一个人曾偷偷对我说："你父亲是我见到的最了不起的人！太令人惊讶了！"——可惜没有记得他的名字。

父亲这把刀就这样搁置了，也许他是真的换来了一本东家种树书。父亲在军分区大院搬了几处地方，又到了干休所，门前总有那么一小片地。有时大一点，有二三分，小的时候就是一二分。他就折腾这块地，扦插种植，树、花、菜，育苗，还学木匠，做一点小家具、小板凳、小饭桌什么的，自己用，也送首长和邻居，打发他余下的岁月。那年风传要把干休所交地方，他很伤感地说："穿了一辈子军衣，不能给我们留一点绿色吗？"

母亲家的"社情"

　　我的家庭"社会体系"总共是三大板块，姑父一块，父亲一块，母亲这一块，我一直以为是依附于父亲这个"板块"的。我长期跟随母亲"过日子"，见到的是父母亲相亲相爱，互相礼敬、谦让，不但没见过他们二老反目、斗口，一般家庭常见的摔摔打打、板脸子、说难听话等等，我们兄妹四人谁也没有见过。母亲曾告诉过我，三姨和舅舅都是他（父亲）帮助出来参加革命的，如果守在"王家庄"，"不得了"。

　　"不得了"，用文一点的形容词就是"不堪设想"之类吧。母亲娘家是中农，怎么会有这种设想？我有点思量不来。但是关于外祖父家的情况，母亲终生对我们守口如瓶。由于母亲参加革命较父亲为迟，地位一直比父亲低，母亲的弟妹也是父亲携带"出来"的。这一见识似乎成了定论，母亲的家族有相对独立性，但总的是依赖父亲的。

　　然而我信守这样的格言，"沉默就是有话可

说"——事实上不是这样？我们终日见到一些人口若悬河，夸夸其谈，你去探讨吧，他一准是个"糠萝卜"，内里一点水分没有。

一直到写这篇文章时，我向舅舅三姨了解真情，心中的疑惑才有所解冻。母亲家的"社情"，较之父亲还要激烈复杂而且尖锐——我没看见她打仗，但我见过她枪毙犯人，犯人一枪毙命，母亲泰然自若。她的性格刚烈，说打就打，说骂就骂。骑马打枪，敢于单枪匹马地干。除了她天性使然，与她的家族史也隐然有关。她竟是一位正牌子的烈士子弟！父亲死于日本人之手，大哥亦是烈士。她的二姨夫亦是烈士。复杂性在于二哥当过伪村长。家庭错划中农。她自动出去革命后，又在解放前收拢尚有条件参加革命的弟弟和妹妹。"板块"的情态就是这样形成的。

外祖父是地下党。听父亲说过一句，但他再也没有多说一句。1963年三姨到南阳来探母亲的病，我隔墙隐隐约约听见他们议论"死得惨"，其余的又不甚了了。因此我在填档案表格时，从来没有写入。通过舅舅了解，这才知道，舅姨他们也是在"文革"中才明确了这一点——这件事倒应该谢谢造反派。

起因是这样，三姨在天津工作，"文革"中"站错了队"，对立派到村中调查她的历史，将二舅舅马富科当过伪村长的事原封转到正在广西部队工作的舅舅单位，那意味再恶不过：要请"解放军"也来"清理"舅舅。

舅舅在部队是进步很快的，他是1947年的资格，授衔初是上尉，继而大尉，继而少校，这样的速度在当时是令人艳羡的，接到这封密告信，部队党委立刻采取了措施：一、让舅舅到"毛泽东思想学习班"交代问题；二、派人到山西老家调查落实情况。

最终的结果是：一、舅舅没有去学习班，他的一个老领导保了他；二、调查回来的结果，我的外祖父马润渊，抗战时期即参加工作，在昔阳城开一家银匠铺为掩护，是八路军的情报联络站。后被翟姓伪村长告密，1940年被日本宪兵队逮捕，同时被捕的还有农会主席张登宝，还有一位农会会员宋老先生（医生），被宪兵队毒打致死，尸体扔在昔河河滩（宋先生苏醒逃回）。八路军曾采取报复行动，枪毙了告密的村长。解放后，村里曾为此事公祭追悼，立碑述记，立在王家庄戏台旁边。大舅舅马富兰，亦是1938年参加革命，昔东游击队的情报员，以伪棒棒队团长为掩护。外祖父的事出来，身份暴露，他被宪兵队抓去打得奄奄一息，回来不久即故去。我还有个二舅舅，叫马富科。他以捣腾粮食贩牛为生，在外跑跑生意，也在家种种地。1944年即将解放，村长没人敢干，他因见多识广，村民用黄豆投票选中了他。这个时候谁都知道，八路要胜利，不敢接这差使，他逃跑出去几个月，回来还是他干。1947年土改，他作为"反动富农"被拉出去斗争打死。

结果就是这样，舅舅没有历史问题，也没有成分问题。组织上解除了他的审查，但他如日中天的晋升也戛然而止。

我的母亲在家是长女，比舅舅大十二岁。这些情形她都是了解的。外祖母的早逝，加上这些变故，拉扯弟妹的责任就无旁贷地落在她身上。二姨嫁出去得早，三姨、四姨和年龄最小的舅舅马文兰，就"跟着大姐过"。舅舅说，"我是在大姐背上长大的"。我亲眼见过他们姐弟在一处，他们对母亲的尊重远远超过我这个当儿子的。舅舅给母亲梳头，倒洗脚水；三姨来时母亲已经患病，三姨给母亲擦洗身子，代替父亲给她"擦屎擦尿"。同样的，母亲受之不疑，她这个姐姐当得非常到家。

由母亲的家庭状态，可以断定她的独立性格与早熟。她不是轻轻松松一个人走进我们那座刻着"退一步想，夫然后行"的砖雕大门的。她是背负着一门血仇，负担着沉重的娘家责任来的，这样的仇恨，同样可以带来野性的反叛意识！我越来越清楚地看清了母亲，她爱父亲，但她自己就是她自己，从来也没有看自己是"凌××爱人"或"政委夫人"，她和父亲——有点什么——战友味吧！

聪明正直谓之神

在栾川、陕县、洛阳，我基本是"随妈"。大抵都住个明暗套间，里头住人，外头办公开会。到邓县，父亲在武装部是政委，房子给了四间，我们兄妹和保姆都住在武装部院里。我单独跟母亲，母亲极少谈她在队伍里的境遇，我对她在单位的情况一无所知。父亲更是沉默如石，但此刻的我们已经有能力观察这些事了。母亲的情形我们感觉不到，在洛阳、陕县，她是勃勃的精神气儿，一直是副职，到邓县，主管法院，仍旧是副院长——她在昔西县是县妇救会主席，降了再降，一直没有"恢复"到原位去。她和父亲一样，被图钉钉住了，"副"了一辈子。我不是个在乎名位的人，但这种位置在那年代代表着"礼"与"理"——是社会地位与社会对人认同的标准，这就是另一回事了。曾经一度人们称她"马部长"——是政法部吧，但很快她就病倒了——那是夏天，她下乡回来在家洗脸，父亲说了准备让她提"县委委员（常委）"的事，又说："有人说，叫她进来（当委员）吧，进来再狠狠整她！"母亲就是听见这句话一下子颓然倒了下去……

我曾在一篇文章中说，母亲有大漠孤雁那样的气质，在我的印象中她确实不是飞针走线做窗下女红工作的女人，而是骑马打枪的英雄。我对父亲敬是佩服，有"尽义务"的成分，我对母亲则是崇拜，终生的崇拜。她的死，是成神了，"聪明正直谓之神"，她是二者兼备——她死后连着几年，南阳在她忌日秋雨连绵——天都在哭。

但在实际生活中，我的这个认知并不全面。爸爸、姑姑都告诉我，母亲是个"过日子人"。仅从针线活而言，"王家庄"一带无人能比。

"你奶奶是很挑剔的人，"姑姑说过，"新来媳妇，三天过后就得给婆婆针线活样品，你奶奶要求补补丁时，补上去的布要和原布色调一样，远远的不能看出是补丁，你妈做补丁不但是原色对原色，连布纹一丝一线都对得严严整整。她这样的针线你奶奶都惊讶异常。"

但在我的实际生活中，我幼时穿的衣服鞋袜都不是母亲的作品，而是劳改犯——准确说是女犯人做的。偶尔我剐破了衣服，肩头上、屁股上会绽出三角破口，这倒是母亲一针一线连起来，我没有细看过补口，她连得那么快，不可能"布纹对布纹"。我觉得看她擦枪更习惯，更自然些。一捧枪机零件，在她手中如活泼泼的小鱼，很快对起来，就成了一支小巧的——双笔剑枪。

俺孩是个吃僧

父亲教给我是"狼吞虎咽"地吃饭。到如今，我吃西瓜不吐子，吃米饭不咀嚼，吃得前胸两手油渍，还常常遭到家人的嗤笑。有一次一家出版社请我吃饭，一编辑说"凌老师的吃相"怎样如何。招得社长大怒，要端掉他这"吃相好"的编辑饭碗。还是我来说情才免了他这一劫——但社长肯定对我吃饭的样子是"瞧科"了的，的确是不好。母亲也没有批评过我吃饭，她只是说我："慢点，谁和你抢（饭）。"每年看我的成绩单，她会发怒，"你爸在小学上过四年，年年都是头名，我一天学也没上过，也比你强，你是个吃僧（生）！"吃僧大概和饭桶的意思差不多吧——和老师的评价一致。但现在回忆起来，我还是宁愿母亲骂我一句受用些。因为我知道感情。母亲自己节衣缩食，有时带一点好吃的，会笑着对我说："俺孩是个吃僧，好好吃哇。"她会坐在一旁看着我把一大海碗饺子或者鸡蛋炒米饭吃得干干净净。有一次给院子里的花浇水，没有扁担。我双手提两桶水来回运水，母亲笑着对父亲说："解放提水像提两包棉花（那样轻松）——孩不但能吃，也能干。"

母亲也做吃的。但大多数是吃食堂，她初到栾川，是公安局锄奸股的股长，以后股又改称侦察股，她仍是这个职务。吃饭就在公安局食堂。我的印象那伙食是不错的，大约公安局内的孩子很少，叔叔阿姨都非常亲我，我的"不错"的印象，是我能受到最特殊的照顾的结果，不论什么时候进大厨房，炊事员总会把一个包子或一条猪尾巴递给我："这是叔叔留给你的，悄悄吃，别叫二胖子（另一小孩）看见了……"我喜爱吃醋炒土豆丝，食堂改善生活常有这个菜，我和母亲一道坐在水渠旁的土坎上吃饭，母亲会把她碗里的土豆丝一点一点拣到我的碗里。我从来也没想到过让一让她，老实不客气全部吃光，在栾川、陕县、洛阳，一直到邓县，母亲一直吃食堂，她是一下子被山一样的病压倒，才离开食堂的。

　　但她偶尔的，也会有一点小制作。在洛阳市郊区公安局，是她生活相对安定的时期。那时的星期天，食堂一早一晚两餐。中午，母亲会给我们包饺子吃。她包的饺子，一律只有拇指大小，像一队队的士兵，整齐排列在垫了报纸的桌子上。然后做"臊"：红萝卜、豆腐、土豆丁、菠菜叶，炒好加红糖少许，再兑水，加粉丝——饺子出锅，浇上这样的汤汁，再加一点黄酒——这就是山西特有的"头脑饺子"。可能只有昔阳才有这种饭。我在写《康熙大帝》第二卷时，特意地把它写了进去，我希望我的读者能够知道它：比如你肠胃不适或者拉肚子、痢疾之类，热乎乎来这么一碗，它的医学效应是异乎寻常地好——假如你没有病，这饭的鲜美口感也是非常特殊的，而且吃饺子之后往往口干舌燥，这种饺子下去非常平和。我现在患了糖尿病，按理不能用它，但当我肚子不舒服，忍不住还要用它。我认为效果肯定比黄连素好。再一种，她会用铝皮饭盒（圆桶形的），坐在煤火炉上，同样是指顶大的豆腐丁、红萝卜和菠菜（配起来非常好看），煮进去，她坐在火炉边，用筷子搅面糊，黏糊糊的……一直搅得非常匀，一点一点"拨鱼"也叫"剔筋"，把面拨进翻花大滚的饭盒，最后用筷子蘸一点香油，也就那么一滴，立刻满屋子鲜香四溢——那吃起来……

夜走太行山

"过河干部"的家庭情况我见得极多，大致是这样三种：一、家中有原配妻子，干部在外作战，就近在部队或部队附近"又解决"一次的；二、家无妻小，在部队找到爱人的；三、夫妇都是老资格，同时过河的。这三种情况当然是战争的原因，战争造成夫妻长期分居，胜利后离婚的，趁机离婚的，是当时一股强大的、不可阻挡的风。有一篇回忆录说，许光达大将乃至每见一个部下，都要恂恂相问："你离婚了没有？"（这可能是他判断部下品格的一个标准）。鉴于这种特殊情况离婚的，离婚不离家的，原配在家，部队又成家的，不离婚稀里糊涂过的家庭不计其数。父母这样同时过河，同处一地工作的，一般说女的资格都比较老，这样的家不多见。常见的倒是离异家庭（我对此不持批评态度，这是战争结果）。父亲是老资格，母亲也是老资格，我们这个家如果放在北京，甚至郑州，也许是个大展鸿图的家庭。两株成材树在森林里是安全的，放在一片小树苗中，那就太扎眼了一点，别的不谈，因为他们二人工资总合三百余元，不但一般的地委、县委书记不能望其项背，即使军分区的司令、政委，也难与为匹。《鬼谷子致苏秦张仪书》中说：

　　子独不见河边之柳乎？仆御折其枝，波浪激其根，此木非与天下人有仇雠，盖所居者然。夫华霍之树檀，嵩岱之松柏……上枝干青云，下根通三泉，千秋万岁不逢斧斤之伐，此木非与天下之人有骨肉，亦所居者然也。

这和《神灭论》说的意思差不多，父亲和母亲这两片叶子吹落到北京是一回事，落到一中原县城，就成了河边之柳，折枝激根在所难免。我认为母亲身体太弱，经不起这样的摧残，她的死与她的优秀及与众不同有关；父亲退得早，倘若进入"文革"，他仍在工作，也是经不起的。

投奔革命记

凌尔文

马翠兰同志（小名翠妞），山西省昔阳县王家庄人，1922年生于一个手工业兼少量土地的家庭。父亲马润渊和哥哥马富兰在昔阳县开个小银匠铺，自做自卖，并无雇工，二叔马润宽在榆次当织布工人，小叔和二哥在家种田。1931年母亲宋氏因病去世，翠兰当时只有十一岁，因弟、妹年少，只好弃学回家帮助料理家事。母亲在世时，曾通过亲友说合把她许配给李家庄文明为娃娃亲。

1937年10月1日，日寇占领了昔阳城，到处杀人放火，无恶不作，父亲为了避难，便将十五岁的翠兰送到李家庄草草完婚。婚后夫妻恩爱，公婆爱待使翠兰倍感幸福。但是，日寇的残暴行为日盛一日，百姓不得安宁，父亲失业参加了秘密农会与情报工作，大哥马富兰也投入了抗日活动。翠兰因当时封建思想的干扰，加之公婆年过半百，弟、妹幼小无人照顾，只好留在家中。1937年至1940年，出外抗日的兄弟们还有信息交流，逐渐地因日寇清乡，实行强化治安而中断了书信往来。

　　日本鬼子越来越猖狂，在西峪口一次杀害三百人，1941年在昔阳城大庙活埋了二十一位知识分子，接着组织起蝇蛆一样的自卫团（百姓称为棒棒队、镰把队），疯狂屠杀活埋数以万计的人，许多抗日志士惨遭杀害。日寇汉奸还不断以"双抗属"的罪名毒打、扣押、勒索翠兰一家，逼他们交出外出抗日的亲人。全家人整日提心吊胆，翠兰原想在家养老抚幼的愿望彻底破灭，便产生了跑出去投奔抗日队伍的愿望。她跑到娘家，娘家嫂子抱着没多的孩子，两家都哭成一团，出外的兄弟们都没有音讯，各种流言不断地传来，甚至还有一些人来劝她们改嫁。直到1943年，根据地扩大，环境好转，才传来了文明的消息，翠兰禁不住放声大哭。丈夫还活着，他在昔西的大山里打日本鬼子，捎信人还见过他。虽然地址不详细，但翠兰决定投奔革命，到大山里和丈夫一起抗日。公婆好言劝阻，都无法动摇儿媳的决心，便把翠兰送回娘家。二哥是个粗汉，软硬兼施地继续劝阻，兄妹两人吵了起来，没办法，干脆把翠兰锁在房子里，并嘱咐嫂子说："跑了可是丢咱家的人，千万看好！"但两个嫂子心地善良，看着妹妹整天不吃不喝，埋头哭泣，心中不忍，便把翠兰送到了河西姑母家。姑母六十岁的人了，会下神算卦，为定出翠兰出走的吉凶，她洗了手，点上香，向红布盖着的神房默默祷告，之后抽了一支签，上边写的竟是："三十六计走为上，贵人遭难吉中有凶，凶能化吉，前途光明。"于是当天晚上，便送她上了路，并嘱咐说："不管有多难，要一直向西走，自有神明保佑你。"翠兰跌跌撞撞走了一晚上，到了离城八里的巴州。面前有一条大河，她依然不敢停留，不料过河时，忽然雷鸣电闪，下起了倾盆大雨，翠兰不顾生死继续前进。这时山洪暴发，没腰深的水冲了下来，两岸人群呼喊，几个大汉急下河把被大水冲倒的翠兰救上了岸，但她不敢久留，继续赶路。半路遇到了小村庄，归秦山管，这里离敌人碉堡不远。但百姓们说八路军也不断来，村政干部都是两面维持。当晚住在一个老太太家里，她想认翠兰做干女儿。翠兰不敢久留，假称去岭西探亲，回来一定相认。第三天沿山路爬到了掌城西川，听当地人说，翻过大山即是西寨牙。山上全是小路，有时没有路，向上看，山接着天，只有一些打柴人踩下的搁脚路。这里离昔阳县城二十余里，离掌城敌人碉堡七八里，翠兰藏在树林里长吁了一口气，心想，日本鬼子离我远了，那大山再高也是中国的山，山上的虎狼也是中国的，总得给我让条路。又爬了十余里路，身上被划破几处也不在乎，天快到下午了，心想今晚住到哪里？想到这里只有前进，手抓树根、荒草，脚踩乱石向上爬。爬了一阵，忽然看见了一个小庙，也没有院墙，翠兰心中暗喜。进了庙门，只见小庙没有门窗，神胎泥像的金皮已经脱落，也没有香炉，可见长久没有香火了。翠兰自幼受家庭影响，从不信鬼神，在这满目荆棘、满山狼嚎狐窜、远离亲人的深山破庙里，也不由得向这个泥像叩了个头。自念一生行善，一切鬼怪不得近身，又想想姑母送的戒指，自感勇气倍增。扭头向后看都是高低不等、深不可测的高山深谷，想退万不能；再仰望西山，高山密林顶着云天，却又有些胆怯。她在庙门前正犹豫，冷不防有人喝道："站住，什么人？"这一声震得山里回声四荡。她吓了一跳，正在发呆，早有两个穿便衣握着手枪的人连唬带吓地把翠兰捆了起来。这些人说，这女人东张西望，不走正路，肯定不是好人，说不定是个奸细。翠兰并不挣扎，只说是走亲戚，不是坏人，但他们并不理睬，一前一后押着她向北走。翠兰心中拿定主意，如果落在汉奸手里，就拼他个你死我活；如果是掠财的土匪，就把银首饰送了；如果受侮辱，就拼死跳山涧；如果是八路军就算我千幸万幸。

他们押着翠兰一直向北走，她心中虽有怀疑，但并不害怕。也不知走了多远，天已大黑，北斗星安然地眨着眼，好像在安慰她。前面出现了灯光，好像是个十余家的小村庄，她不由得一阵心宽。"田班长，看，快到杏庄了！"前面一个人说："到了杏庄就住下来，可能王区长王汝成就在这个庄。"这两句话使翠兰心里宽多了，这两个人可能是自己人。

到了村里，进了一幢比较宽敞的三间房屋，只见有几个人围着一个铁壳麻油灯坐着说话，他们进去后，田班长说："王区长，今天抓个从城里来的女奸细，你们审讯吧，她可能了解很多敌情。"这时屋中另一个人就冲着那个叫"王区长"的人点头说道："汝成，你是昔阳人，本地话通，还是请你给她好好谈谈吧。"于是，王区长便对翠兰说："我是昔阳人，咱们是老乡，你又是个女的，谅你也跑不了，田班长把绳子去了吧，让她好好谈。"田班长解了绳子说："这女人一路上倒也老实，只是她的形迹可疑，为什么漫山爬，不走正路？"这时，另一个人给翠兰端了一碗茶又打了一盆水，要她洗脸。她又饥又渴，把茶狼吞虎咽地喝了下去，但脸是不能洗，这个时候，脸越脏越好。

王汝成区长慢慢地说:"你不要怕,要说实话,八路军宽大,如果你是给日本人探消息,说出来也不处分你;如果你是好人,政府也不冤枉你;大杏庄有亲戚,也可以保放你。"他说的都是抗日的话,翠兰更胆大了,但去根据地找丈夫是不能说的,谁知他们是不是真八路?因此她仍然坚持说是去岭西走亲戚。过了几天,区长说区公所留着女的不行,就把她关在一个老百姓家里,由本村两个妇女看守,门外还有两个带枪的。第二天,由田班长及两个队员带着翠兰一路奔上岭西山,虽然看到山峦叠翠,云雾缭绕,一派秀丽景色,但她无心观赏。到了岭西,只见村中十几户人家断壁残墙,有人扛着农具上了地,也有带枪的民兵,这些景象使翠兰心里宽敞多了。天到下午,他们到了区公所,田班长把翠兰交给了区长赵相应。赵区长坐在一个破板凳上,她被几个民兵押着接受审讯。翠兰经过仔细观察,区公所破烂不堪,区长和民兵们看上去都很规矩,便感觉这里肯定是根据地无疑了。正想着,区长突然大声吓唬她说:"从城里来,又走这样远,行动鬼祟,不走正路,今天既已到了根据地就应老实说明情况，就是鬼子密探，只要不做坏事，从实交代，政府也会宽大。"翠兰心里一阵激动，八路军就在眼前，吃了那么多苦，目的就要实现，真话一定要说。她说："我是昔阳李家庄人，名叫翠兰，我冒死从敌占区跑出来，就是要找我的丈夫文明。"赵区长奇怪地一笑说："文明和我在一个整风训练班半年多，从来没有坦白他娶了媳妇，怎么现在忽然从敌占区里冒出一个老婆来，令人怀疑。"尽管他这样说，但从此却把审讯的架子去掉，变成了和风细雨的个别谈话。于是，翠兰痛哭流涕地把自己的身世和日本鬼子对抗属的百般残害以及自己决心投奔革命的情况诉说了一遍。赵区长听后便安排翠兰和妇联主任住在一起，并安慰她说："我一定设法帮你与文明接上联系，帮你加入革命队伍。"

说来也巧，在赵区长问案时有个叫和尔凌的小民兵。文明过去到过他家，他对文明以"表哥"称呼。和尔凌见翠兰来找文明认亲，也觉这事蹊跷，就飞快地跑回家告诉了他妈。老人家一听慌了，急忙颠着小脚赶到区里找赵区长。恳求赵区长同意在问题没搞清楚之前，暂让翠兰住在她家，并证实说文明在家时的确定过一门"娃娃亲"。后来日寇入侵局势急剧恶化，加上鬼子奸淫烧杀无所不为，两家老人害怕有什么不测，就草草地给文明他们完了婚，这媳妇可能就是翠兰。

和尔凌的母亲也是穷苦人出身，曾得到过文明家的恩助，六岁时因灾荒随父到岭西讨饭，后来她嫁给一个姓和的男人。文明参加革命后，一次随队伍到这一带驻防，恰巧就在和家吃饭，和妈妈听文明的口音，不由得勾起思乡之情，于是就问："你是哪里人？"文明说："我是铺沟李家庄人。"和妈妈又追问："你贵姓？"文明笑着说："我姓凌。"和妈妈听后惊呼道："哎呀孩子，我也是李家庄人，姓凌。"老人失声痛哭，把文明紧紧抱在怀里不放，刨根问底地问个不停，这才道出了她和文明家以前的关系，文明于是认了和妈妈为"姑姑"。

翠兰到了这个陌生的姑姑家，姑侄俩真是亲如母女。姑姑说："俺孩可受了罪了，来找文明投八路军又遇了这么大曲折。不过你的福气大，总算找到了共产党八路军。"她回忆了前不久和文明巧遇的情况又说，"这下子好了，不久你们就会见面的。"翠兰听罢，一头倒在姑母的怀里哭着说："在这里虽吃得不好，但心情非常愉快。"当年翠兰只有二十二岁，由于苦累过度，却都说她像三十多岁。有人还说风凉话，哪像文明的老婆，真像他妈。她听了也不怨人，只感到这样更安全。

大约有半个月的样子，十余个挎着枪的人带着文明的信件来接翠兰到昔西一区，这才与姑母洒泪惜别。因为晚上要通过敌人封锁线，因此决定下午走。爬山越岭走了整整一个晚上，直到第二天下午才到一区里思村。当她见到文明时，他正在开会，只说声："来了好。"半个小时后会开完了，立刻又转移到了河东村。当天晚上，文明并没有以夫妻接待，而是严肃地对翠兰说："你是来参加革命的，还是看了我回家呢？"翠兰口气肯定地说："我就是为了抗日，为了参加革命才来的，说啥也不回去了。"文明说："革命队伍要求严格，必须经过区委审查了解，并给县委报告。这里比较艰苦，每天都要转移，时刻有生命危险，你受得了吗？"翠兰干脆地回答说："为了抗日，为了替乡亲们报仇，俺啥都不怕。俺也从来不想着靠你吃饭，家中二老也没有想着拉你回去。反正俺是不走了！"

不久，平西县妇联会主席王喜芬（刘之双大队长爱人）即来信通知，让翠兰到县里受训。到了县里，王喜芬便拿着一把剪刀说："翠兰同志，把头上这封建尾巴一剪掉，从此你就成为八路军的妇联会员了。"她兴奋地一扭头，只听"嚓"的一声，二尺多长的青丝被剪了下来。这一剪子结束了翠兰农家妇女的生活，宣告了新生活的美好开始。

1944 年 6 月，翠兰被分配到昔西一区当妇救会主任。1945 年元月调任昔阳县妇救会主席。这时的翠兰已经不再是一个哭哭啼啼的小媳妇，而是一个穿戴整齐，留着短发，红光满面，出言爽利的八路军女干部了。到了寺上老林沟，一群干部都围上来亲切地说笑，夸她勇敢，夸她有志气。县里开会，区上的干部都来了。岭下区公所曾经抓过她的那位侦察班长田金兰和审问过她的王汝成，一见面就高兴地与她握手问好。李县长说："没想到文明老婆这样美丽。"翠兰被分配到西寨工作后，由于她不怕吃苦，既能耕会织，又善于宣传群众，发动群众，不断受到县里的表扬。这年夏天，她光荣地加入了中国共产党。

1945年7月15日昔阳解放，九月翠兰生了一个男孩，县里的同志说，庆祝昔阳解放。上党战役胜利，这孩就起名叫解放吧。

1946年翠兰调太行三专署高等学校学习，住在左权县十里铺一带。同年十月，文明调野战部队后随军南下。1947年大军过河，翠兰又调长治一二九师留守部队随军学校。

1948年伏牛山剿匪时，翠兰又先后担任了县公安局侦察股股长、陕州公安处干事。1952年洛陕合并，她又担任了陕州公安局副局长。她于1945年任洛阳公安局副局长，1958年调邓县法院副院长，1963年退休，1965年9月25日凌晨四时与世长辞。

马翠兰同志二十二岁参加革命，历经抗日战争、解放战争、伏牛山剿匪斗争、镇反、土改等革命运动，一贯与群众同甘共苦，任劳任怨，从不计较个人的得失。搞政法工作后，办案清正廉洁，刚正不阿，不徇私情，虽然身体长年有病，但很少度过假日。一次审案时，因妇女病，鲜血流到脚上晕倒在地，手腕骨折后因没及时住院检查，错位固定，造成终生残疾，却从未要求过任何残疾福利待遇。

1946年南下工作团有一个同乡路过左权见了翠兰，事后反映说翠兰是地主。她戴上这个不相称的帽子渡河上伏牛山，出色地完成了剿匪反霸任务，直到1952年昔阳来信才平反说是中农错划。虽遭不白之冤，但翠兰从来也没有埋怨过党组织。1958年在邓县工作，拔钉子时被停职反省，有几个骨干分子，没经本人写了不符合事实的结论材料，但她理直气壮，拒不签字盖章。两年以后经过复审，事实证明翠兰没有断过一件冤假案。病危中看到了对她的正确评价，翠兰不禁失声痛哭，1964年在病中仍参加了"四清"运动，病中组织上减了她的工资，她泰然接受。临终前，翠兰虽不能写，但她用不清楚的语言，让丈夫文明代笔写了回忆录数篇。

马翠兰同志参加革命数十年如一日，兢兢业业，鞠躬尽瘁，不愧为刚烈的巾帼英雄，优秀的共产党员。

痛惜其刚逢盛世，却因积劳成疾，溘然而逝，铸成千古憾事。而今国泰民安，万业皆兴，忆起巾帼累累业绩，常使活者热泪沾巾。痛惜之余，后人当继翠兰未竟之事业，为实现共产主义而努力奋斗。

这是1944年发生的真实故事。母亲不但自觉情愿，而且冲破种种阻难，夜半破门，独行太行去奔她的理想之地。梁山好汉一百零八将，自愿上梁山的唯李逵一人，何况母亲是个年轻少妇！这件事是如此地巧合。那位把母亲当作奸细抓了，又和父亲联系使夫妇见面的同志，以后也调到邓县公安局，还有王汝成，也到了南阳。几十年后又重新聚合在一个新的阵地共同工作，也是一种颇有意味的温馨事。

第一个贵人

按照命相学，舅舅是我命中第一个贵人，一见面他就救了我一命。

1947年，父亲随解放大军南下。母亲过河是在那年的严冬。但我想，也就是初入严冬吧。因为到了正月，整个黄河都会被冰封掉，冰层不厚时，行人也走不得，船也行不得。我的舅舅当时在武安工作，母亲可能觉得这是他入伍的好机会，就写信给他，把路途日程说了，嘱他"赶上部队，跟我过河"。

但舅舅接到信，计算时间，已来不及到母亲出发地会合，他毅然决定由武安入太行，插路直奔黄河，到那里寻找母亲，舅舅告诉我，那年他十五岁，事实上什么也不懂。因为当时南下部队很多，都要过河，部队征用的都是胶皮轮的大车，他也不问路，就顺着这种车印直向西南。

天气极冷，漫天下着鹅毛大雪，但舅舅参军的心情可说是焦急，昼夜不停地赶。居然有这样的巧合，他赶到黄河岸，母亲抱着我，正准备上船，眼睛看着大道，望眼欲穿地等着她的弟弟。正焦急张皇间，舅舅满身是雪从大道上跑向母亲，张着手呼喊："姐姐！我赶上了！"接着姐弟两个在雪地里又跳，又笑，又哭。舅舅又问："解放呢？"母亲忙打开重重包裹的棉大衣、被子、小褥子，一边笑着说："解放，你看谁来了，你小舅！"话未说完，她愣住了，原来我被"包裹"得过紧，捂昏了过去，人事不知，脸色已经青了，呼吸也没有了。于是，随船的卫生员、母亲、舅舅一齐对我施救，又掐人中，又施人工呼吸，二十分钟后，我"哇"地放声大哭，众人才放下心来。

姐弟二人悲喜交集，在太行山下，严冬的黄河中抱着我南渡。漫天的飞雪从天上，从太行的峡谷中疯狂地飘落直坠，或成团，或片片絮絮，亿万只白蝴蝶般投向苍茫混沌的河面。他们的心情自然很激动，因为他们认为前途非常光明远大，而从此可以不再理会笼罩在家庭上空那片驱赶不散的阴霾。

这是舅父的"投奔姐姐记"由我来撰述：其实就是"投奔革命记"的另一仿本。

但是我敢说，母亲的见识还达不到我们今天的认知水平，只要"阶级斗争为纲"，那片阴霾在全中国就始终是一种正统权威的"太阿之柄"，在哪里都一样，只要你额角上打着"阶级烙印"，而这烙印不是党旗那样红得纯正，有杂色，达摩克利斯剑就始终在你上空悬着。

1965 年我的母亲病故。在她的墓碑上写着曾任的职务，最高是"区妇联主任"，但是父亲的《投奔革命记》，还有舅舅的回忆，都明明白白是"昔阳县妇救会主席"——一点也不用怀疑，她是在这个职务上入伍的，她和父亲一样往下降，到栾川县公安局做锄奸股长，而后又改做侦察股的股长，她从来没说过这件事，我也从来没有感到她有"受委屈"的心情。和父亲简直一模一样：职务高低没关系，只要心情舒畅（不挨整）就行。二姨夫吴可纠比她资历老，四姨夫凌振中也是1945年初的八路，二姨她操心可能较少，三姨和舅舅，她的关怀是带着母性那样的深沉的。

三十六计走为上，父母亲都是懂一点辩证法的。历史的政治造成的环境，昔阳不是他们施为的战场。走才能有变数，才能有运动，"走运走运"，不走就没有运。世界上的事永远是这样：比如国民党树倒猢狲散，猢狲们走到台湾美国，肯定比留在家里等镇反等各色运动要好点。可是，我认为，父母亲命运不好，走的圈子还是小了点，而且没有重要人物的帮助。他们脱离了地震区，却没有走出雷雨区。

但是，舅舅和妈妈终于走进了伏牛山，走进了栾川县城。

你打开地图看，这里全是山，县城在伏牛山腹地。我随母亲和舅舅过了黄河，和父亲部队派去接她的小分队接上了头。我当时才不足三岁，所有的记忆都是模模糊糊的。现在又历经了半个多世纪，那山是什么形态，水又是怎样地流淌，像隔了一层毛玻璃，有一点影子，但"焦距"是无论如何对不准的了。山川街巷，有点像小时候看的"拉洋片"，跳动着倏尔变幻图样。但我不能全然忘记，因为从过河到栾川，我确实已经"记事"了。这是我随母亲初度人生的珍贵经历。

现在据理推想，我们过河的地点当在风陵渡。天寒、雪大、风急、浪高，我被裹在被子里上的船，舅舅那时也只是个十五岁的孩子，抱着重重包着的褓褓，大船的桅杆在我的视线里，高高地矗着，摇晃着指向绛红色苍暗的天空。我至今都不能忘掉那冷，雪花大片大片地在船帆的暗影下迅速地飘落。黄河的涛声夹着风啸声，船工的号子声，还有不知什么东西拍打船舷的啪啪声，搅得满船都是涌乱的声息。雪花有时飘落在脸上，还有黄河的浪花，有时也会有大滴的水溅上来，我觉得比雪还要冷。我哭了。

舅舅拿我毫无办法，只是不停地拍打那大大的褓褓，说："俺孩不哭，啊？俺孩听话，啊？人家船上不让哭，啊……俺孩乖……"但他的话一丝不能感动我，母亲在旁说："不要哄他了!"她凑到我面前，说，"再哭就把你扔进黄河!"但我不能理解她的意思，"哇"的一声哭得更为嘹亮——这是我能忆起与母亲最早的"对话"。其实，母亲生我满月之后，便返回了县妇联去工作，我被送进了她娘家——王家庄——觅请了一位奶母。风陵渡上，她对我还是陌生人，我不理会她的威吓，是很正常的。

大人们都在打仗

我很快就习惯了母亲，也习惯了她的习惯。我明白了"大人们都在打仗"。因为无论开会、集合，公安局和军队无甚区别，都列队。吃饭时架枪，显得很紧张。但叔叔们似乎没人紧张，集合就唱歌，这使我很新奇：人"说话"还有这么好听的声音？战士们闲了就擦枪，一边擦一边哼曲儿。我就在那里扒着石头凳子瞪着眼睛呆看。栾川县公安局设在一个很大的四合院，不止一进，院落很深，母亲就住在第一进院的西厢房里，前面庭院是几株梧桐树。出了大门一片空场，大约是打麦场，场西北是几株高大的梨树——西厢房背靠院外，是大山，长着茂密的杂树。

记忆中我在栾川没见过父亲。跟着母亲也不是形影不离，那是剿匪最紧张的年月。父母亲都忙极，我经常是"叔叔们照料的"。父亲晚年，有一次我问过他："你平生最凶险的时期，是不是在昔西无人区？"父亲笑了，说："和日本人打交道，很简单，他在明处，我们在暗处，不要被他捉到就是胜利。和国民党打仗也简单，他们的兵根本不能拼刺刀，手榴弹一响，说明战斗要结束了。栾川剿匪复杂凶险，打入我们内部的土匪，假投降的，收编之后又反水的，在我们内部搞投毒，暗杀的……得时刻警惕……"父亲的情况如此，母亲的身边情况大致也应差不多。她虽然不能时时照料我，但她"看"得我很紧，总有"叔叔"在我身边的。母亲也随身带枪，有时她还骑马挎枪下乡。那时全国尚未解放，但大形势胜利已成定局。我看母亲总是英姿勃勃的，"很势派"，因为没有什么女同志，她很"抢眼"。带我的小战士经常指着我向人介绍："马股长的儿子，调皮捣蛋极了。"然而我怎样"调皮捣蛋"已全无记忆。父亲后来告诉我："你那时胆子大，部队集合开大会，你就在战士队伍里钻来钻去，从这一列钻到另一列，人们都问'这谁家的孩子'？"因为随军的小孩也就是我一个，我很受战士们的喜爱。伙房里"改善生活"杀猪，猪尾巴总是留给我，有一次肚子疼，一个老兵把一颗子弹头卸下来，倒出里头的弹药给我喝，"喝下去肚子就不疼了"——真的，这东西能治肚子疼且立竿见影，至今不明其理。

栾川凶险，当时杀机四伏。我虽然小，也能听懂他们的只言片语，有时是说哪个乡被土匪夜袭洗劫；有时说某某人又反水投敌；有时甚至说"县城已经被包围"。前线不知道在哪里，但从"前线"抬下来的伤员——打断了腿的，打掉了脚趾的，打得胳膊血肉模糊的，还有一个被割掉耳朵的……有时公安局摆得满院都是，供应开水的大锅就支在公安局大门前的空场上。母亲每天晚上回来，点上灯第一件事就是擦枪——我自己当了兵才知道，枪如果没有开火，是不必每天都擦的。她的枪是一把"双笔剑"，我也是听她和另一个叔叔对话才知道的。

"今天缴了一把，比你的这个好，烤蓝都是新的。"那叔叔说，"马股长，给你换一把吧。"

"不用。"母亲说，"我用惯了，它（枪）就听

母亲马翠兰

我的。"

……摊开一个黄布包，把零件拆下来，再打开鸡油（机油）瓶子，活泼泼的小黑鱼一样的零件在她手中跳动着，沐浴擦洗，不一会儿便又重新组合起来。这几乎是每晚必见的一个镜头。我只是奇怪，那些当兵的也擦枪，破布烂线油乎乎脏兮兮的乱七八糟，而我母亲的"擦枪布"总是有条有理，看上去要干净很多，每次擦完，她还要重新叠好，利利索索再包好。擦完枪，她会到床边看看我，用手逗我一下，然后取纸取笔，去写字了……

沿西厢房向北过了第二进院子，第三进院子没住人，是个破仓库——我今天回忆起来，仍是十分惊异。这进院子没有门，更没有锁，所有"缴获的"战利品都垛在这里敞着，似乎是没有人看管，但也可能有人看管，只是不看管我而已。至今想去仍觉得惊异——这里有许多枪，品类极杂也很破旧，从"汉阳造"到三八式、冲锋枪、破迫击炮筒、"老土桩"、宽背大刀、匕首、长矛……所有物件应有尽有，还有请神用的黄幢、黄幡、黄罗伞、黄幔、香炉、铜佛之类，是迷信用品。这也还罢了，另有几个箱子靠墙根，围栏可一跃而过，里边全是银圆，箱上垛的麻袋里也是银圆，散落在过厢走廊的尘土里。还有一些黑中泛黄的东西——我问了母亲，那是"大烟土"。我从里头取出过一块银圆，学着街上小朋友（他们当然是铜圆）用银圆背儿往墙上砸，看它能反弹多远。但母亲当晚就收走了——她每天都要掏一掏我的口袋，弹弓呀、小刀呀、铁丝呀，她认为不安全的东西全部扔掉。现在回想起来，这些缴获的战利品就那么几乎露天地堆放，真的不可思议。按现在的思维去想，公安局只要有任何一个人"想发财"就能立即像气球一样膨胀起来，那实在是没有账目也极粗于管理的巨大财富——这真不可思议，大家的心思都不在钱上；共产党就要得天下，"改朝换代"的节骨眼，人们的兴奋点与金钱毫不相干，全都扑在事业上——公安局内外从伙夫到马夫，工作人员挎枪匆匆来往，没有一个人向那破仓库看一眼。

饿极了的狼

母亲一辈子似乎都和梧桐树住在一处。她在栾川，西厢房前是四株；到陕县，我们换了两处民居租住，院里是两株和三株；到洛阳，住东厢房，庭院里是四株；后又到邓县，她住北房，院子里仍是四株梧桐。我可以肯定地说她喜爱这树。这种树非常干净，树干高大，中间绝少枝蔓，叶片大，碧绿清明，阴地大，精神可以为之一爽，"昨夜西风凋碧树，独上高楼，望尽天涯路"——这句词里头的树，我总觉得就是梧桐树。缺点是秋风一起，枝叶相撞声响很大。我后来看了一本书叫《三月雪》。作者的名字已记不清了。那上头写的也是即将解放时一个女干部在敌我混杂的险恶局势下开辟工作的故事。看这个书时我已过中年，我的泪一下子涌满了眼眶。她使我忆起了栾川时的母亲。谁都知道公安局里，刑侦工作是最难干的，干这工作的也是最能干的。她一个女同志，二十多一点，就做侦察股长！她每天都擦枪，还不是因为每天都开枪了——她当时面对的主要敌人不是一般的作案谋利的歹徒，而是明火执仗与我军势均力敌拉锯作战的土匪。我的母亲是英雄，是女英雄，从小我就有这份自豪。

在这期间，我出了一次危险。我们母子住的西厢房，是两明一暗三间房。我们卧室在最北边，南边两间亮房是平常的木大门，里边的住室是两重门，现在栾川人不知是否还有这样的设计：外头是一个单扇的竹门，门下半截密编，上半是约两寸许一个一个的小方格，用纸糊起，这叫风门；竹门内又一重是木门，才是防护所用——这应是大户人家的讲究，如果天太热，就在里边把木门打开，只留下竹门，既安全又凉爽。母亲通常回来，是把外房的门闩起来，里边两重门全部打开，然后在灯下擦枪写字。但这一夜情况有点不同，她回来后又被人叫了出去，到北正房开会——我想肯定是局长召集临时会议，因为同在一个院子，她没有锁门，只在内门外挂了钉锦，把风门关上，把外门又掩上，她去开会了。

她常常这样的，我已经习惯了，独自躺在床上，看着桌上幽幽忽忽跳动闪烁的油灯，听外边撕帛裂布一样的风声。伏牛山留在我耳畔的这种天籁，永远都不会在记忆里消逝——一会儿像倒海翻江，又听中间夹着"日日……"的啸声。突然又一阵"唰唰"、"簌簌"的声音，如急雨骤风洒落在满山的荆树之上，又像有人在撕一匹长长的、不到头的布，夹杂在淆乱的风声中，细听似乎还有人打鼾的音息在这些声音中横穿。有时又猛地吹，"呼"！连房梁屋檐都似乎经受不得，发出吱吱咯咯的呻吟。睡在这样的房子里，我有时会觉得外边的大山在摇晃，所有的树都在疯狂地旋扫天穹，而这房子像惊涛骇浪中漂移旋转的小舟。这样吓人的天是我离开栾川，到了洛阳，住进高堂静室之后翻忆的感觉，那是令人惊心动魄的风，离开栾川后再也没有经历过。我在栾川时这样的夜晚却很平常。……忽然，外间一阵细碎的声响，我以为母亲回来了，仰脸喊了一声"妈!"

我抬起头看，因为风的摇撼，钉锔已经自行打开，里边的木门已被吹开一扇，但风门还是好好的，从破格的一动一动的窗纸间，能看到一只淡灰色的大大的眼睛向屋里窥探! 屋子里的灯还亮着，只是因为外间门已大开，只隔一个风门，屋里已能进风，那油灯忽悠忽悠闪着，摇曳着，将要熄灭，风小一点，它又亮了——这样的情景如果我已懂事，会吓得浑身汗毛乍起，大呼小叫地喊妈妈的。但我那时太小，还不知道什么叫危险，竟尔昏昏睡去。

"啪!"一声焦脆的枪响惊醒了我。屋子里一片漆黑，只能听到外边喊："来人，马股长这里出事了!"接着一阵急促的脚步声，一群人都拥了进来，我惊怔间，母亲已点亮了灯，对着门外说："不要紧，不是敌人。是只狼，想吃解放，闯进来了……"

事情的全过程是母亲和叔叔们讲给我听的。那只狼是只老狼，公安局正门它进不来，它是从破仓库那边一个水道口钻进来的，大约饿极了想找点食吃。它进院的"第一站"便是我住的西厢北屋——山里的老狼是非常狠，也非常"能"的。它在院里已观察了形势：人都在北房正间闭门开会，其他地方没人，又趴在西厢窗台上舔破纸看，见我独自躺在床上，就从虚掩的正门钻进外面亮房，扒着风门观察——这就是我见到的那只灰色的大眼了。

据我所知，狼是怕火光的，屋里有灯，它就不敢进来。大概是风将灯吹熄，它就进来了。但接着，上房的会议结束了，满院都是人，这只倒霉的狼只好钻进床下。

"我从北屋出来，见我屋里没了灯，大门也开着，心里就是一惊。"母亲如是说，"进屋用手电筒照了照，没有见什么情况，解放已经睡着，这才放心。天已经半夜过了，我就没再点灯，也没脱衣服就睡下……我迷糊着没有睡熟，听见床下有动静，好像有人在大喘气，呼哧呼哧声音很粗，再听一会儿，我断定不是人，是畜牲，不是狼就是豹子钻进来了……我反手向床下开了一枪，那畜牲一拱就钻到外间，从亮窗上跳出去跑了……"

这件事真的极端凶险，倘母亲散会迟一点，甚至，如果那灯熄灭早一点，或者母亲大意，回来就很快入睡，至少是没有了凌解放，也许母子同丧狼口。那样的话，所有这花花世界对我来说，不过是幻化短梦，一切都早早寂灭，世界上肯定少了一个二月河，这对有些人，也许是件快事，但也许对另有一些人，是遗憾了。母亲表面上泰然自若，但她实际上很害怕。第二夜我睡醒发现自己在她怀里，这也是从没有的事，她在哭，说："你要是有个什么，我怎么跟你爸交代？"

最重的一次打

同样在这期间，我挨了记忆中最重的一次打。在那之前之后，我都挨过打，但没有这次重。也没有这一次冤枉。这肯定还是在秋季，因为公安局大门外空场边的梨熟了。我在以后的日月中吃过不少梨，尤其是患糖尿病之后，有人介绍梨可以消渴，也就是能治糖尿病，有一段日子逢梨就吃，往饱里吃，后来发现不管用，才收束了——进口的雪梨、新疆的香梨、砀山梨，还有什么康德梨……叫不出名的各种梨，还有东北的秋子梨、棠梨、山上的野梨……我都吃过。但总觉得不是太甜就是太酸，或太糙，或过腻，口感总不如栾川梨。栾川还能吃到野草莓——大的也就蚕豆大，小的比黄豆略强，我和小朋友们在水渠边常能采到，运气好的话，一会儿就能采到一小把，和桑葚有点相似，比桑葚味道好了去。草莓，还有梨，这是我在栾川的水果口福。但公安局门前的大梨树，始终没敢上树偷过，因为人来人往的，大人很多，怕"挨嚷"，但梨被风刮得落下，小伙伴们都会一拥而上，抢到手便大口啃，吃得汁液四溢，顺嘴流淌。

这应是将到中秋，树主来收梨了，那梨树又高又大，摘梨的人站在高处树杈上，下边人几乎看不见他们。他们在树杈上捆一个长口袋——比人还长——口袋不粗，但却很长，摘下的梨就放进口袋。时不时有人失手掉下梨来，尽管地下是土场，但那梨很酥脆，有的摔成两半，有的破掉一半……完好的梨一个没有。我和街上的几个小朋友就站在场边——轮着去取：这是不用抢的，有点轮个儿排队的意思，这一个你要，那一个肯定是我的，这么着约定俗成——捡过来放在自己身边的石凳上：这就是我的了。收梨的人根本不要这些残货……捡到傍黑，我梨也吃饱了，用小布衫把我捡的那一堆兜回去，放进抽屉里。我很有成就感。晚上妈回来，就说："妈，你猜，我给你买了什么？"然后妈说："你能买个屁！"然后我再说……

这么想得美，迷糊着就睡了。

半夜里，她回来了，我醒来看见她，下午想的词忘得干干净净，张口就说："妈，你看抽屉里，梨！"

母亲打开抽屉，一看脸色就变了："哪来的？"

"门口那几棵梨树"，我说，"他们摘梨掉的，我捡的！"

"掉了你就敢捡？"

"他们（别的小孩）都捡，谁捡是谁的！"

"你还犟嘴！"母亲一把就拉起了我，照屁股就一巴掌，"给人家送回去！"

"我不！"我也梗起了脖子，"我没有偷，他们都捡。"

"那也不行！"她"啪"地又是一掌，重重落在屁股上。

我"哇"的一声号啕大哭……巴掌像雨点一样急

促，一掌又一掌击在我的屁股上……

上房的局长，满院的公安叔叔全都被我杀猪一样的号哭惊动了，有几个叔叔跑进来护住了我问："马股长，孩子怎么啦？这样打！"母亲向他们介绍了解放的行为："该不该打？"

这事如果放在任何时候，叔叔们理应责怪母亲："这么点小事，孩子有什么过错？"但当时叔叔们不是这话，只说，"他小孩子，还不懂事，不要打……"又对我说，"娃儿，不要随便吃别人的东西……"

我是后来才听说，敌人当时活动猖獗，有买通我们的伙夫，往食堂大锅里下"红信"（砒霜）的，被发现了，枪毙了好几个投毒的人。公安局大院的主人，就是逃亡在外的大地主，有通敌的可能——栾川的"社情"实在是太复杂，太血腥了。

逃　学

在陕县，我的屁股经常遭遇母亲的巴掌，大致原因——逃学。

母亲和父亲一样，关照不到我的功课。我不是个好学生，随着她到处走，这个学校那个学校经常流动，功课节奏不一样，我又爱玩，功课就不好，越是不好，越是不想学，于是就逃学（引自《致老师的一封信》）。这封信引起一些老师的评议，和对素质教育的一些思索，也引起一些老师对我的愤慨。他们觉得二月河这人不地道，受了老师的教诲，不肯好好努力，日后成才出书，还要羞辱师尊。"报昔日一箭之仇"，端的不是好人。但是我觉得我不是的。我对体制不满是有的，事实上我十分尊敬教过我的老师。包括那些给过我难堪的老师我也怀着一份美好的思念——大人管小孩，难道一定都得讲理？都得正确？更多的时候，我怀念他们的情。他们觉得我应该"行"，而实际上又"不行"，他们的失望之情令我感动。人呐，知人也难，欲人知尤难。

话说当初，我确实是个逃学大王。一逃就是半月，一月的时候也有的是，摘酸枣，到老和尚庙里偷梨，黄河里去洗澡，踩"晃滩"（在黄河滩岸地用小脚踩出稀软的一片泥地），再到花生地偷一把花生，或偷摘一个半生不熟的西瓜、甜瓜之类，有时捉迷藏、"抓特务"、打野仗——逃学有无尽的快乐，当然也有恐慌：逃上半天，怕上学受批评，下半天就更不敢去，第二天越发不敢去，第三天……会下了"决心"：反正这顿打是挨定了，等着老师告状，妈来揍我吧！这样的心理和犯罪学的心理也许是有相通的。寡妇失节，有了一次就会有下一次，一百次也一样。直到有一天，看见我们牛老师——现在回想我的第一位老师：牛转娣。其实她也是个十六七岁的女孩子，缠过足的……她走路高视阔步，红红的脸膛高仰着，她不算很漂亮，但在我心中是白雪公主那样的高贵——她就这么从街南头走过来，我躲在大树后，头"嗡"的一声，知道大事不好了！她要到家告状！

一般的情况是这样，这个上午是"逃"不出好儿了。蹭蹭，到中午，所有街巷人家炊烟尽熄，我走走停停，试探着往家磨蹭。我家在陕县换过一处租房，先住在北大街路东，房东是卖馍的小老板。沿街向北向东折一个三十米窄胡同，胡同底是在山墙上砌的一个小土地庙，庙北侧大门朝南，就是这家了——我不止一次逃学，是在这个小胡同里与母亲遭遇。记得第一次打是在饭后。她不动声色地和惴惴不安的我一块吃饭，放下碗就变了脸："解放，今天上午学的什么？"

"……"

　　我情知牛老师来过，说假话只会多挨几巴掌，木着脸，低着头，用脚尖不停地跐地。

　　"嗯?!"

　　"我……我没去。"

　　"干什么去了?"

　　"和黑喜，香疙瘩他们河边玩去了。"

　　"昨天呢? 你旷了几天课?"

　　"一……一个星期吧!"

　　"一个星期?"母亲早已勃然大怒，"半个月你都没去了!"

　　她不再看我的可怜相，拖过来把我头搂在怀里腾出手劈劈啪啪……汉贾谊说"制敲扑以鞭挞天下"。母亲的"敲扑"打得我杀猪般号哭，夹着眼泪鼻涕地咳嗽打喷嚏……现在回想起来"挺热闹的"。我很怀念这样的时刻，可哪里又能够再有?

一点前途都没有

　　他们二老关照不到我的学习，除了忙，一个很实际的事是父亲只有高小文化，他的文史功底够得上大学水准，但数学他不行。我们"那时间"功课很松，整个六年小学只学完了四则运算，父亲在能指导我时不在身边，我见到他时，他已无力指导。母亲更不行，她一天学也没上过。她那手漂亮的字和不错的工作总结之类，都是父亲教的。

直到将考初中，母亲才真的急了。有一次吃过饭上学，她叫住了我："解放，今年考试知道吧？"

"是，妈。"

"我说的不是毕业。"母亲望着窗外的梧桐树影，"是你初中进学考试。"

"……"

"你能考上吗？"

"……够呛。"

"你才十三岁，考不上学能做什么？"

"我复习一年再考……"

"最好今年就考上。"母亲一口便截断了我，"还有两个月，临阵磨枪，不快也光，再加一把劲。"她见叔叔来，一边开门一边说："考不上初中一点前途也没有。"

这事有这么一段小插曲：时值1957年，满院贴的都是大字报，母亲独有一张漫画，是这样——她坐在椅子上，头发散乱，手里拿着一鸡毛掸子，我则垂头丧气站在她面前，一个方块里写着她的话："考不上初中一点前途也没有！"这是很熟的一个叔叔，我下来嘀咕："这人怎么这样？"母亲说："画的是真事，夸张了一点。他说的不是政治，应付运动的。"但那人后来被划了右派。他害怕惩罚，逃到龙门走投无路，自到派出所，给他们股里打电话，请求"组织上原谅"，他们股长来我家汇报，母亲说："幸好他没带枪，带枪我就饶不了他了。右派是右派，上头划定的，我们单位不能不给碗饭吃。"

"给碗饭吃"这词我就是这样头一回听见。以后的岁月，我代人求情，多次用这个词："这个人其实对你很有感情，给碗饭吃吧，别处理太狠了……"

母亲在吃穿上都不讲究，但她爱干净。我另有一宗挨打的原因，是"不讲卫生"，从小就野习惯了。在栾川、陕县，我的那些小朋友，无论男孩女孩，没听见他们有"洗脸"这一说，我也就从不主动洗脸，更遑论"洗衣服"。我这个坏毛病一直维持至今，现在偶尔地也还仍不洗脸。我的"标准"就是"（别人）看不出来就行"。青年出去当兵，而且下煤窑，谁想

"干净"也都是妄想。我因满身煤灰，脸像鬼一样"除了牙和眼白"都是黑的，不洗没法见人，所以每天要洗澡，也用肥皂打打手，和诸位战友显不出多大的差距，但我的床单洗了又洗在班里还是"最黑"。所幸我人缘极好，从当兵到当干部总有战友帮我，"新兵蛋子"也常替我洗衣物，"家属来队"就更便宜，"嫂子"、"弟妹"一叫，衣服不操心了……就这么稀里糊涂混了出来。但在母亲身边，她每天忙得不落屋，除了脱换衣服，基本上照料不到别的，她也不知怎样办的，三下五除二就把自己收拾得干净利落，大步出门而去。我的衣服有保姆洗，但我的脸得我自己洗，我就常常逃学一样"逃洗"。母亲常常一回头就能发现："解放，又没洗脸？"

"洗了。"

"真的？"

"洗了！"

她一把拖过我，用指头摸摸眼角："这是什么？眼屎！"再拉起手，"你看看你这爪子！吃僧！还说假话——洗！"不由分说，热水瓶里倒出水兑温了，按倒就洗，打肥皂用手搓头发，头几乎都泡在盆子里，肥皂泡弄得出气都吹泡，眼中进了肥皂水，杀得眼泪往外渗，她还要边洗边说："看看你这样——铜勺铁把（脸是黄的，脖子黑的），肥皂沫都不起，多少天不洗脸了——混蛋！"她没骂完我就吭哧吭哧哭了，在她面前，我就这一招——她根本就不管，顺手在屁股上"啪啪"两下，"你还有理了！"

我不喜欢理发，不喜欢洗澡，不喜欢洗脸，觉得这都是"很受罪"的事，母亲管了我多少年，没有从根本上改变我这坏习惯。她也很无奈，她真的很忙，"顾不了"我。后来母子达成"协议"，哪天晚上洗澡，第二天早晨"可以不洗脸"——要是"爸爸能带我出去洗"，那就更理由充分。有一次父亲出了个谜语，"一个月没洗脸，洗一次脸还没有湿手"。母亲左思右想答不上来，我在旁说"是理发了"，母亲看我一眼，忽然一笑。

黄河岸边

陕县是一座建在邙山上的古城，我后来读《藏书》知道唐相李泌在这一带很有政治活动。那时候，这个县城只有五千余人，城势北高南低。军分区在关帝庙（假设它就是的吧），出关帝庙对门，是个小城楼，大约两米多宽，一边一个铁人，有一米四五高的样子。军分区出门向东有一条南北街，向北走到尽头有一里地吧，就是公安局，公安局就建在土城墙下。从东绕过公安局再钻一个土隧道，一条"之"字形的黄土道下去约两百米高，下边就是黄河，一条窄窄的路，有砖护栏，全部砖铺地直通山顶，道两边都是近九十度的土悬崖，很有点"华山一条路"的味道，形状极似一只孤立挺出西指的羊角，它的名字也真就叫"羊角山"。山的极峰上是一座寺，里头一个中等个子、胖胖的和尚，什么寺、和尚法号，统都不记得了。火车站在县城南，我们的小学校在城东南，学校门对面一片瓦砾废墟中矗立着一座塔，我们叫它蛤蟆塔。在塔边敲击石头，塔会"咯哇咯哇"发出回音。我过了不惑之年才晓得那塔是我国四大回音建筑之一，官称叫"宝枪寺塔"。水库起来之后，羊角山理应是个"岛"，但它是土质的，听说是泡塌了。但看河南电视台"天气预报"，那塔依然故姿。塔在，我的学堂地址就不会有虞。

　　依着我回忆整个县城，陕县是这样的形势：整个城都在邙山上，黄河自西而来，逼冲县城，被羊角山挡住，拐了一个九十度的直弯向北，又被中条山挡住，又折九十度向东直奔而去。这两折弯，形成了三段渡口名叫"太阳渡"，西边上游的叫"下太阳渡"（因为太阳从这边落下），东边下游的叫"上太阳渡"，中间直南直北的那段叫"中太阳渡"。河的北岸是山西平陆，中条山临河的一段，万丈高崖，峰尖如同锯齿一样向天插去，满山都是大树。下太阳渡一带邙山山势相当缓，一隆一起，一鼓一包，形似长蛇，宛若龟背，上太阳渡也两岸皆险。邙山是"鸿沟"那样的土柱如削，和中条山夹着大河。只是上下太阳渡都有沙滩，可以走纤夫，中太阳渡只是有个虚应名目，你登羊角山可以通眺三渡，上下太阳渡帆樯穿渡，中太阳渡只有漂浮船只，从未见有人乘船携物过河。

我家在公安局那条街，后来迁到了城西羊角山下。推窗可见下太阳渡。

这是我家头一次迁居，也有段插曲。那年下大雨，连着几天。父亲回家看了看，找到母亲说："房子是土坯的，得搬家。"母亲说："我已经联系好新地方，雨这么大，能不能等明天。"父亲说："不行，今天就走，东西不搬，人走。"于是，我们母子淋着大雨"乔迁"城西。结果，第二天去，我们原来住的房子从房基到房顶整个"萎坍"了，变成一堆泥和砖瓦。房东是卖馒头的，一见父亲就说："你不是个人，你是神仙！"

我这一生，十三岁之前，"房子坍塌"似乎一直在追着我，还有两次一模一样，不过没有搬家，是房子漏雨，从炕上挪到床上，炕上那边塌掉了，我很庆幸。但在十三岁那年，在洛阳，我住的房子终于彻底捂住了我，好像说"这回你可没跑掉"，但奇迹是，我迷迷糊糊从废墟中被拉了出来——不过，这是后文的事了。

如果说，在伏牛山，我经受的"风"，在陕县则是雨、雪。陕县的雨，真的是凄美、沁凉彻心。

陕县的雪片片如掌，它没有"零星小雪"的过渡，是"一下子"飘逸摇落，俄顷之间就能覆盖视觉中的一切，把整座城"泡"进琼花雾中。

听说"陕西"这个省份，就是因为在陕县之西而得名。它虽在河南，也同在邙山，地貌与郑州、新密诸县相类，但地气大有异样。这里既有"鸿沟"那样雄伟险峻陡峭的山势，也有陕北黄土高原的苍凉寂寥的情味。在我印象里，似乎全城只有三种树，城里和东郊是白杨与夜合树，城西靠河羊角山的黄土悬崖上沿河一带斜坡，几乎是清一色的"棘"——也就是酸枣树。

这里的白杨树不似其他地方那样纤弱，一株株笔直钻天挺拔伟岸，即使广袤大地上孤零零的一株，它也绝不横生枝蔓，如同地里突然生出一指，稳稳地指向蔚蓝的天穹。夜里又像人在欢笑，我们的杨树叶片正反两面颜色差不多，陕县杨树叶片正面墨绿，背面雪白，倘风吹来，阳光洒落，你会觉得树上有无数银色小镜子在闪烁折射光芒。它的树皮如同一层终年不化的厚霜，白中微微泛青——我没去过陕北，在读了《白杨礼赞》之后第一实证印象，陕县的白杨一下子就跳出来。

白杨和夜合，都是非常干净的树，陕县城一街两行就这两种，一高一低，一粗壮一纤秀，错错落落地不大规则地排列在道旁。那时人口少，极少见到三五成群的闲人在大街上晃悠，只有卖油茶的、卖针的、剃头的，"货郎担儿"摇着拨浪鼓偶尔在街头唱着匆匆而过。除了城南火车站一带，陕县没有"熙熙攘攘"这景致，很静的，静得冷清。

这是晴天，雨天就更是——应该用"凄寒"二字。整条北关街宽宽的街，全是沙土路，几乎不见人影，两边也没什么店铺，几家卖酱油醋的小门市门都紧关着，因为有风，会把雨"溜"进店里打湿货物，所以有人敲窗户，店主才会打开天窗做买卖——走在大街上，两只赤脚都浸泡在潦水和湿泥中，但绝不黏糊粘脚，土中含沙较多。两边的夜合树，我们也叫它"绒花树"。树影枝柯交错低垂着在风中婆娑起舞，几乎能拂扫到人的脸。那时没有"雨衣"这个概念，我们同学都穿蓑衣上学。夏天这个时分遇上这样的雨，下边是随风婀娜的"绒花树"，抬头仰望，是雨色中朦胧的白杨树尖顶绰约影子，往前看，出了军分区过城洞穿广场，一路没人，回头看，浓绿得黯黑的树压着街道，湿漉漉的树枝全部垂弯了拖着摇摆。脚下的地和水是那样地冷，从脚底涌泉穴似乎直冲到全身头顶，而头顶的雨笠遮雨的能力也极有限，雨水，还有树叶上积水"哗"的一下子顺脖子灌下来，醍醐灌顶，透心地凉，你平日积了多少暑气，全被扫荡殆尽。

　　雨雪天气，母亲会格外地关照我一下："和黑喜、四喜、香疙瘩（一小女孩名）这些同学一块走（去上学），不要一个人。看（有）狼！"

闹 狼

县城里有狼出没袭人，20世纪50年代初，是陕县的"县情"。我没有直接见到，但老师放学时要交代："同学们结伴走，有狼。"家长在上学时也交代，同学们中间也互为传闻："××同学让狼咬断脖子，肠子肚子都流出来，死了。""××同学被狼扑住了肩，幸亏大人们看见了，吆喝着吓跑了。"说得煞是让人不寒而栗。这还是平日，天阴下雨留心的事。到陕县第二年，发生了一次大规模群狼入城的事。听房东说这叫"闹狼"，他说："又闹狼了。"闹而且"又"，可见是常发生的事。那是深秋，我们已迁城西，那天傍晚，听见街上人一边走路一边说："掏了个狼窝，抓了五个狼崽子。"我正吃饭，放下碗就跑出去看热闹，果然见街头一棵杨树下聚着一群人，这在陕县极罕见，除了"拉洋片"（一种游戏买卖箱，里边装一张一张彩色图片，外装透视放大镜，一分钱一看，买卖人一边用手拉换图片，一边唱词招徕生意）、"耍把戏"（玩马戏武术卖药），绝无"聚人"之理——我喘吁吁到跟前看，人圈子里是个土坑，土坑里有几只小狼，正惊恐地仰着看人。我看了一会儿，觉得没什么意思，就回去了。

不想就因为这五只小狼被捉，引得邙山大批群狼入城，"闹狼"了。

"闹狼"什么样？

提前放学，大龄"学生"护送，保证全数送到家。

公安局、部队组织在县内集体大搜捕狼。

房东尿盆忘了提前拿屋里，天黑想起来不敢去取。

流言：已被吃掉五人。说打死的五只小狼，老母狼是狼王，集合开会进陕县报复，邙山的狼不够，从中条山用船摆渡过河进城，狼尾巴在河里当桨和舵，还有的说狼们开会，找到一个老头子借灯……邪乎得很，我在栾川几乎遭狼吃掉，没有这番"闹狼"印象深刻。我是逃学大王，但这个期间没有这劣迹，因为这时我已经懂得"狼吃了你"是什么概念，在这个县城里之后，我再也没见过"闹狼"这件事，连听说过也没有。

人籁天籁

除了"闹狼"和逃学挨打，还有不洗脸挨打，陕县没有我阴暗的回忆。这些事记忆起，至今还有点忍俊不禁，像昨天一样清晰。但是若论深刻，还是那条黄河。

过了多少年之后，我出了书，被人称是作家，常有人问："你为什么叫二月河？"

除了书的内容与姓名的协调的原因之外，从根本的原因上说，是我爱这条黄河。所以在回答这一问时我往往要加上一句"二月河特指黄河"。我觉得这个名字大气。

从远处看黄河是很有气势的。我见过不少"黄河九曲十八弯"的照片，有的甚至像是在飞机上拍摄，看去很阔大广袤。尽管摄影师也是浑身解数用尽，我给他们最高评价是两个字："还行。"这个考语他们听了也许想哭，但我必须说实话，我"心中的黄河"这个感觉没见到有人找到过。有时我想，也许是摄影艺术本身框架的局限，它无法表达真实的黄河。

先说"色"：站在羊角山顶，实际上三个太阳渡尽收眼底，夹岸是绿棘黄坡的邙山和青幽碧森的中条山，河对岸石山兀出，黄河是"拍激"而去，此岸在上下太阳渡都有黄得小米一样的沙滩。河就像一条黄色缎带缠绕二山一滑而去。我说过，中太阳渡其实是没有渡口的，因为水流急，偶有檣桅顺流漂摇而下，也有撑着鼓帆绳索拖着向上游艰难行进的，下雨天，还可见到烟蓑雨笠的钓公乘着筏子，一边垂钓，一边顺流漂去上太阳渡的。河中的水纯黄，北边山是碧幽，南边山是新绿。河沙滩上的潦水汪清得——假如有点小鱼，在山上看，真有"皆若空游无所依"的感觉。

这还是白天，"山清水秀"四个字了得。我家住在下太阳渡，羊角山的东南边吧，傍晚时分，推开西窗，呀——这是什么景致？

太阳快要落下去了，天上是半天红色云霞：它的"基础色调"是殷红的，但天空是那等地绚丽，什么样美丽的颜料没有呢？山影在背阳坡看，这时更显得幽深静谧……迎着阳光几乎看不到山上景物了，看到的是剪影一样的山的轮廓，北边山尖犬牙交错，南边山坡势缓慢。"山边"似镀了一层玫瑰紫色的光晕，微微闪动着，炫耀她的神采。太阳呢？圆圆的太阳啊，它显得那样柔和，红红的……不是悬着落山，而是在黄河里沐浴，泡在河水中长长的光廊从太阳渡可以直到我的窗下，整个大河涛浪汩汩，闪动着的无数金色的亮点，在随着水流漂移变幻，像一河淌动着的黄金……

这样的情景在我当时的年纪，并无些许的感动。因为"太平常了"，天天晚饭时推开窗子便是这个景致。只是在之后的艰难岁月中，我走遍了千山万水，看过了无数的落日辉煌，即使是"最美的"，也无法稍与太阳渡齐肩。比较一次，太阳渡的美在脑海中深刻印证一次，也许由此，她在我心中的美更升华一次。太阳渡的落日，成了我脑海中永存的圣景。

上下太阳渡都是有渡口的。有渡口便有纤夫拖船，因为河水急，每一船渡过，便要向下游漂移很远。船不可能九十度直角过河。需要用纤绳将船拖至渡口上游一点再摆渡。所以这里的渡口有两个，一个是上船的，一个则是下船的，中间隔着半里之遥的沙滩，纤夫们的工作是把船从下游拖到上游。中太阳渡虽然没有渡口，但那里水流湍急波涛汹涌，常有运货的船要从上太阳渡到下太阳渡去，这一带窄窄的沙滩地上，也每天有纤夫拖船。

又过了二十年，我才见到列宾的《伏尔加河上的纤夫》这幅油画。我见到的是"忧郁"二字，几个纤夫没有"吃重"的表情，看去甚至有点从容。

不，黄河上的纤夫不是这样的——一根一根的纤绳都系在总纤绳上，多有的人身子都向前倾斜到四十五度，几乎都伸手能触到地。大家一律都是赤脚，脚的前半掌使劲蹬那河滩沙地。他们都过去，你能够见到的不是脚印，而是一个一个牛蹄印大小的脚趾印。他们有纤歌。不是年深月久我忘记掉，而是当时我根本就没听懂，留下的，如今响在耳鼓边的，是抡重锤闷击那种：

哼呦……哼呦……哼呦……哼呦……

这是"人籁人声"，是不应该写在"色"之一字中的，但这声音伴随着的，是那沉重的颜色，《伏尔加河上的纤夫》我看是瘦弱白皙，他们本就是白种人，让我看有点像流放政治犯，或是城里人倒霉当了纤夫。我们是黄种人，但纤夫们在黄河沙滩上个个都被晒得像黑人。如果你在夕阳下看他们，又似一群精灵在游戏，额头上、肩上的汗，被夕阳照得折射出刺眼的光点。后来到四川，见到岩石上纤绳拉出的印痕，我一下子便想起我所见到的黄河纤夫，和伏尔加河的他们比起来，黄河上的人们给我留下的印象是"沉重""深重"。

我看摄影作品不能寻找到黄河的感觉，也许另外一个原因是照片有色无声。有色无声的境界，除了天籁无声、临于人身时的那种"味道"，"于无声时"的那种惶恐与惊奋，其余的，我们人间烟火的趣向，大致要"有声有色"才能足情欲之餍。尼亚加拉大瀑布，是世界上最壮观的瀑布，黄果树瀑布，还有黄河壶口瀑布，我都没有去过，都是在照片上"窥见雄姿"的。但是，这"色"无论怎样地美，你都无法感受到它真正的况味——声，这是天籁，在照片上一些儿也听不到，你不过在看一张画而已。我在部队工作，深山沟里，常有一些小瀑布，十几个流量，最多下大雨时，有二十个流量吧，在这样的瀑布边，选一块大石头坐下，我可以整整听半天，我基本不看那瀑布。我觉得那轰鸣的水声，是在冲击岩石！不，是在荡涤人的心灵，冲刷人的魂灵，就这样一股小水，可以清洗掉你所有的劳累、困倦、疲惫、烦闷、忧郁、沮丧，乱麻一样的人事纠葛、猪油糊涂了的脑海、宠辱关心的乱情、忧谗畏讥的郁结统统给你洗干净。这就是天籁的力量，我近来绘画，有题《两荷》长短句：

一夜西风，秋高雨更寒，
声也砰訇，声也叮咚，孤窗离人凄清，
老塘冷影斜横，艳色已凋零，
只可留取残菱柯，忆她夏日情光景。

说的就是声与色的"联系与效应"。

黄河每年只沉默一次，那就是冬天。从二月河开燕叫，它从来都是"有声有色"的，太阳渡口那璀璨的落日中，除了有阵阵昏鸦在河上盘旋和"归啊归啊"的叫声，给大河平添了生气，可以听到船工的起锚号子，纤夫们一步一声"哼呦哼呦"的人世呻吟和婉唱，还可以听到河水拍激沙岸和旋涡浪花翻滚的细脆激荡声——没有这些声音，太阳渡的美就会大为减色。然而，黄河最主要的籁声还是它的啸声。这啸声在城里，白天是听不到的。那时候，城里无电，漫城灯火很快就会熄了。满城都可以清晰地听到它在闷啸。黄河不是一条开朗的河，它的啸声不是"哗哗"那样地响，而是"嚯——"那样的长啸，无休无止无间，但它并不单调，中间微微夹着山风掠岗那样的呜呜的哨声，也有一点轰鸣之声，配搭着拍节，你听着，可以感受到天的力量和自然的体力无穷无尽，滔滔不绝而来，又滚滚不息而去——那，多少万年就是这样，一直是这样呀！比起来，我们的生命，真的是太微弱、短暂了。

到了二月天，就是凌汛，陕县这一带黄河并不结冰，结冰的是河套上游。但到二月，黄河上就会突然涌出大批大块的冰，布满河床，互相撞击着，拥挤着，徘徊着顺流滚滚东去，一泻而下，你会看到"冰的队伍"从中条山和邙山下迟缓但毫不犹豫地"向东进军"的壮观阅冰兵场面，带着寒意也带着冰冷的肃杀之意。这个印象深极了，后来成就了"二月河"的我的这个笔名。

再添一碗

也许我的饕餮是因父亲从小就鼓励我吃，就算没有"薛仁贵立功名"这一思想，还有一条"穿在身上不算你的，吃进肚里才是你的"的道理管着。但有的人禀赋薄，天生吃不下去，再鼓励也没有用。我能吃，和胃口、胃消化力这些功能大有干系。不但北京湘蜀饭店那些小姐们新奇，就是在部队与那些农村来的棒小伙比赛，我也是个"七把叉"（外国一位豪吃客），吃得他们目瞪口呆。为吃的事，母亲没有"嚷过"我，但她不止一次笑说，"解放是个吃僧"，是个"吃谷堆嘴"，虽说是批评我能吃不能干，但似乎对父亲"尽量吃"的指示有所保留。

只有一次，她是很温善地与其说是批评——更像是告诫我"吃"的问题。我们住在羊角山下时，有一天上午，我到街上玩，听见鼓乐齐鸣，鞭炮响得开锅稀粥一样，信步走过去，原来是斜对门一家街坊"搬亲"（办婚礼）。我站在旁边正发呆，报门的高声喊："马局长公子到！——"他们当然是认得我的——一群人上来，赔着笑脸，簇拥着我"请进，请进来坐——"我还不足六岁，这种场合浑不知如何应付，犹豫着，左顾右盼不由自主就进了人家门……直领到正室，在中间一桌坐下，和大人们一道吃了一顿，施施然回来了。因为人家结婚的事，在栾川没见过，在

5 岁的二月河

陕县也是第一次，没有见过新郎也没见过新娘什么打扮，如何做派，今天统都见到了，又吃得和家里大不一样，人们也把我当大人，这也是头一回，我心里挺兴奋的。但是母亲回来告诉我："不能这样。你还小，不懂，以后远远地站着看，啊？"她给人家补了一份礼，又谢了人家，这事算拉倒。

母亲的"厉害"是挺出名的，有句话叫"仰脸老婆低头汉"，意思是这两种人难对付，我一直不能认同。因为父亲经常是低着头，走路吃饭都像是寻思事情。但他一生都在躲避别人的无端伤害，他什么过错也没有，却像一只惊弓之鸟；母亲总是平静地注视前方快步走路，她虽不苟言笑，但声音温和平静，不过我觉得公安局的叔叔们对她心存畏惧——站在她面前，这些汉子两只脚来回搓动，手也握得不自然……我当时当然不能理会，但我有了社会阅历，知道这属于小学生见老师的那种味道。

她很少同人发脾气。只有一次，她向人发火，站在旁边的我脸都唬白了——那是一个犯人脱逃，一个警察来报告，母亲勃然大怒，"啪"的一声拍案而起，桌上茶杯都倒了："你干什么吃的？火车站、汽车站、渡口、路口统统给我封了，你是个混蛋，滚！"那人擦着汗，连声说"是"拔脚便跑了。这件事印象很深，因为那犯人被追得走投无路，逃了回来，竟钻进我家房东的防空地窖里，脚印留着，给发现了，报告了。母亲带着一群警察到了后院，看了脚印问："有人看见进去了？"

"是，不过有二十分钟了，不会再逃出来吧？"

"这个地面，"母亲用脚蹬蹬地，"他要出来还会留脚印。"她目光转向地洞："你听着，我是马局长。告诉你，五分钟之内我们下去搜查，下去之前要投掷三颗手榴弹，你要有种，就挺着！想活，就给我滚出来！"话音刚落，洞里头一个带着哭腔的男人就喊："别扔，马……马局长，我出来……"他举着手出来了……

然而她平时并不张扬，她有一股豪气，是父亲没有的：刚烈而不失温存，这就是我的母亲。她有时见了叔叔，会拉拉他的衣服："扣子掉了，军容风纪呢？""脏死了，臭！快回去换洗换洗！"有时会拍拍叔叔肩头："俺孩辛苦了，回去好好睡一觉。"这时她又像一个大姐姐，人被她抚慰得眼中放光。只有一次她是抱怨了一个叔叔，且是真的抱怨。那是她一次开会，把我委托一个叔叔管照。那个叔叔就带我到食堂里吃饭。那次吃的是拉面，这是我"年既老而不衰"就爱这一口的饭，平常在家天天都是萝卜白菜，这次口味新鲜，卤子也好，我就放开了吃，一碗两碗三碗……那个叔叔万万想不到小小的我这么能吃，也动了好奇心，想看我"到底能吃多少"，就不停地给我添，"再添一碗"——这么着，我吃撑坏了。说得好听，学名叫"急性胃扩张"，难听点是"撑死了"，住了三天院。

为什么要做今后后悔的事呢

如果说我们家纯净得像蒸馏水，连一点杂质也没有，也不是事实。就父亲来说，他最初工作是在税务上，曾经收了商人一块布，十二尺吧，代税，因为没有换成钱，拖到最后不了了之。还有在栾川剿匪时，从缴获品中取了火柴盒大小一块烟土收起来作为治肚子疼应急药——这两件事也是他老人家告诉我的，他一直唠叨到老，二三十岁时的鸡毛蒜皮，他说到八十岁："公家的便宜，一分钱也不能占，当时觉得没什么，后来越想越后悔。为什么要做今后后悔的事呢?"受他这个影响，我也是这个原则，不欠别人的账，也不占别人的便宜。我是好睡手，再热闹的环境，躺那里五分钟就"过去"，但如果头天赊了哪个小店几元钱的账，或者哪个人给了我个什么好处，我没有回应，这个觉睡着睡着就会"噌"地醒来，醒得双眸炯炯，这肯定是父亲给我留下的"基因"作用。

比较父亲，母亲不那么谨小慎微。我们幼时穿的鞋，都是劳改犯做的，我的保姆，也是犯了轻罪的女犯人，我们当然不会白穿白用，但是我想，那应该也是一种优惠，应该和母亲的工作地位有关。母亲有时会在他们公安局食堂打一点饺子馅，或者改善生活时卖的肉菜，打一点回来全家吃，在粮、肉都是限制购买的年代，这也算是一种便宜吧。我们全家一处吃饭很少，有时父在母不在，有时母在父不在，有时两人都不在，吃了也就吃了。只有一次，是1960年冬吧?母亲用小手帕兜了五六个鸡蛋回来，恰被父亲看到:

"老马，哪来的鸡蛋?"

"小刘从乡下回来，带给我的。"

"现在是什么形势? 毛主席都不吃肉!"

"……我给过人家钱了。"

"这东西现在给钱也买不到——给人家送回去！"

"小刘——"

"小刘是你的上级，你可以收，下级不行，送回去吧。"

母亲什么也没有再说，默然提着鸡蛋走了。

这些事不需要他们再来说教什么，我们看得明明白白，这是做人的原则，二十年后我写书，创业初期，妻三十多元，我五十多元，合计是个九十元工资，还要吃得相对好一点。领导知道我在做大事，开会不点名批评："有些同事，上班带孩子，用公家稿纸写自己稿子……"他批评的动机是另一回事，但他批评的是事实。女儿凌晓生下来母亲没奶，我请不起保姆，亲戚有时顾不过来我，上班带孩子的时候确有。用公家的稿纸也确有，每张八开纸写到四千字，但这毕竟是"公家的"。这位领导后来贪污被判十二年徒刑，我在大学讲这件事，同学们哄堂大笑，我说："他判刑，不能证明我正确。他批评的是对的。我确实出于无奈才占了这点便宜。"

"天下没有吃白食的。"是母亲的话。

"天下没有不散的筵席。"是母亲教我的道理。

"天下老鸹一般黑。"也是母亲说给我的。

除第一句话我改成"没有免费的午餐"。三句我都照搬讲给乐于听我唠叨的青年学子。我认为，我所领受到的其中的哲理，比我有能力讲给他们的表述不知要充沛多少倍。现在想起陕县生活场景印象，有点像万花筒。栾川感受到的是"风萧萧"，大风整天呼呼地吹，形势紧迫，连群众开会都架着机关枪，支起"小钢炮"（迫击炮），我看见战士往机关枪上撒尿给它降温，打得挂了花的人血肉模糊被拖着拉下来，子弹打在铁水槽上叮叮当当地响……还有夜里那风，那狼，还去野地吃饭，母亲把她碗里的土豆丝拨到我碗里的场景，我饿得大哭，母亲指着天上的风筝唤我："解放，你看你看那是什么？五角星怎么飞到天上啦？"等等，栾川给我留下的味道，是火药味。

陕县不一样。一、与四喜、黑喜、申学、铁蛋、疙瘩姐这群小朋友的逃学史开始创作；二、太阳渡的晚阳，长河上的暮日辉煌，织成我心中永远的黄河风光；三、吃撑死过去；四、抓逃犯的故事。那苍凉指天的白杨、绒花树，和闹狼的满城恐怖，还有牛老师愤怒的红扑扑的脸，在我脑海中不停地幻化流移。

还有陕县的监狱，也让我追忆难忘。

戏中戏谜底

公安局的院子很大，贴城北墙东西约有近二里左右，南北浅一些，东部有半里，西部约一里，是个西头大东头小的葫芦形，连旧城楼都囊括了进去。小小县城这么大公安局院子，今天看是不可思议，但这肯定是"历史遗留"问题。我观察到一个很有趣的现象，也算我的经验：大致革命沿变，只会变了个人命运，贫富打乱，和了麻将一样稀里哗啦一顿"洗牌"，然后重新组合，你这个二饼原本挨着五饼的，忽地撞成白板什么的……原可到甲手中却变成了丙，但牌却还是那些张，一样的红中东西南北风，一样的万饼条，赢输仍旧靠手气，技术或圈套。倘是一成不变的规律，比如说这个地方是县政府，革命前大致就是县衙门，再前还是知县府衙。打个比方说，南阳知府衙门，革命后就是南阳行署，现在恢复了，往下刨刨，一直到元代，它都是"衙门"。这陕县的公安局、监狱院落，应该就是从民国、前清"沿"下来的革命成果。

院子大，是三个部分两个组合，东边和正门是公安局办公院，旧城门洞封了口，是审讯室，西边部分是两个监狱，重犯监和轻犯监。重犯监不大，是以黄土地切豆腐一样"切"下去的一个四方块院子，四周是岗楼，岗楼外则是凹凸起伏的小丘陵，长的有棘、荆条，还有密不透风的野花、黄蒿、灰条菜、笤帚苗……说起来叫人吃惊，这些荒榛蛮草，能长得像房子一样高，我们小孩子看去，简直就是树林。里边还深藏着一个废了的庙，一排空房子边和院落，也都是长着这样的树林。这地方在公安局大院之内，又在警戒线之外，狱上持枪站岗的哨兵隐约可见。这里头绝对没有狼，倒是有不少黄鼠狼、兔子、獾、狐狸什么的。公安局的子弟小孩，有七八个吧，有这个特殊条件，能在这里边玩捉迷藏，我身上剐的三角口子，多数是在这"抓特务"时留下来的——这不需要解释，母亲也"不嚷"，晚上脱下来往床边一甩，第二天早上自然就"好了"——捉迷藏呀、打野仗呀、逮特务呀、摘酸枣呀、吃桑葚、够桃呀……玩是玩够，一个个嘴唇乌黑，灰头土脸"到东院去"，现在回想，有点像——孙悟空从火云洞里赶出来的一群小妖怪。

从那边回东院，必须穿行轻犯监，从女监房再穿男监房，女犯们干的活是纳鞋底子，满院晾晒的都是洗干净的布匹，很多女人不言声蹲在那里梳洗，晒太阳，很平静的。男犯们干的活是染布、种菜、挑水浇粪、刷脏桶，各忙各的。我们这一队过来过去，他们都认识了，习惯了，没人看守时偶尔还笑话我们几句，颇友善的。

有时他们还演戏，台上演员是犯人，下头观众也是犯人，看去和外头野台子演戏无甚不同，没有台子，平地演，演员都没女的，角儿需要，也是男扮女装。我们就擦"台场"过，有时也站下来看一会儿，如演梁祝：

梁山伯唱"梁山伯与祝英台"。[（小声）——日你老娘!] 祝英台："——山上草桥来结拜"。[（小声）——肯定你妹子想我了。]

梁山伯："只知你是男子汉"。[（小声）——放你姐的屁。]

祝英台："哪知我是女扮男"。[（小声）——是男是女你妈知道。] ……

演员们在戏台上还有这些花样，是我六岁之前便知道了的，这以后看了不计其数的戏，再也没有见过这"戏中戏"的对骂，在四十二岁写《康熙大帝惊风密雨》（第二卷）时这件事一下子跳出来衍化成了如下情节：

说的是吴三桂堂会，两个小戏子，一个扮诸葛亮，一个扮马谡，演着演着在台上打起来了，吴三桂问原因：

……这场闹剧是姬妾"八面观音"指示着诸葛亮演出来的，故意让他们把戏做砸，来取笑儿。《失街亭》中有一段，诸葛亮向马谡授计道："马谡——附耳过来！"

马谡按规定出班躬身附耳静听，不料台上的诸葛亮却向他耳语："叫你妈在列云轩后耳房等着，晚上起更我去。"扮马谡的茄官，新得"四面观音"的宠爱，哪肯平白吃这个哑巴亏？偏他下一句台词该是"妙计"，便一边说词儿，一边朝文官脚上狠狠一跺。"诸葛亮"立刻泪流满面，"啪"地打了马谡一记耳光。……

看《桑园令》，"薛平贵"和"王宝钏"，在台上也玩这游戏，看《柜中缘》，"岳雷"和个什么"小姐"也在台上夹着台词玩笑，台下观众哪里知道，打鼓板的、演戏的都有他们永远听不到的"双台词"，恐怕戏的走向灭亡，也就因为它太老，戏之。观众欣赏水准都固定了，演员油滑得不需要任何感情的投入，倘罗密欧和朱丽叶也在台上弄这个，莎士比亚也得完——但这已离题了，我是说这是我人生第一次看到的戏中戏谜底。

我敢肯定这些轻犯的日子是比较惬意的，起码比外头有些过得苦的人要舒适些，因为每隔一段日子会发生这样的事，有叔叔送母亲一张名单，说："这几个犯人是这次刑满，不愿意出去的，请求留用……"母亲一般都同意了的，他们留用，实际上是监狱工厂的工人，已不再是犯人，我穿的鞋、棉袄，大约就是这些人做的，用的保姆也是女犯人，我认为我母亲这班人，对犯人是人道主义管理的，不然不会有这些事。

我在写《乾隆皇帝》时写到一个事件，直接移植了陕县的重犯牢房，书中的表述和我见到的基本一致，不过"公安局长"换成了"阿桂"。解放初，这里是发生过一次小规模的越狱事件的，像我前段记忆的那次，肯定是重犯雾里逃脱。因为轻犯们过那样日子，再越狱不合算了。

犯人都那样快活？不见得。说到重犯，就无法轻松了。

高级特务

1949 年后，最初是剿匪反霸，到 1953 年，镇反运动开始。蒋介石在台湾喊的口号是"毋忘在莒"、"反攻大陆"。"毋忘在莒"说的是齐公子小白最初窘困，在莒国做人质，后来返国，成为春秋五霸之首的掌故，和"反攻"是一码事，也还不停地向内地派遣特务。

有一天，我们到西院去玩，回到办公大院，碰到一位叔叔，他笑说："小特务队回来啦！告诉你们，今天我们真的捉到一个特务，从飞机上跳下来的！"这恐怕是他们很得意的一件事，因为局里的人尽管和我们很亲热，公事上的事从来没人说过。我们整天玩"捉特务"（那时还没有看过电影），听有"真特务"，嗷嗷大叫问："叔叔，在哪里，我们能看不能？"那叔叔指了指城门洞说："你们现在可以看，审过关起来就不行了。"我们一阵欢笑，又换了小心，踮着脚溜到审讯室玻璃窗户外偷看。果然见两个"叔叔"正在审一个中年人。

这可能是个高级特务，三十岁上下吧，瘦点，看去很清秀，眉毛有点"倒八字"形，嘴角稍有点上翘，个子不算高，端端正正坐在板凳上，上身确实是飞行装那种皮夹克，除了这身衣服，和小人书上的"特务"无一似处。抽着烟，操一口洛阳话和审讯员对话。双方都似乎相当客气，也没有平时审案拍桌子喝骂那凶煞样子。我们这一群你看我，我看你，都有点失望：特务原来是这样的？后来听说他落网，是破译了敌方的电报密码，指挥敌机空降地点就在公安局附近，落地同时落网——这一说，又让我们对"局里"神往了一阵子。

形势骤然间变得紧张起来，第一，我们不能再穿越轻犯监狱"过西边去玩"。第二，公安局从审讯室到监狱加派了岗哨，最初是三个，后来到五个，再后来是一个班，枪上都上了刺刀，公安局的叔叔都随身挎上了驳壳枪。母亲的枪连在皮带上，也随身在腰间——即使在栾川，她也没有把枪亮出在外面的。第三，往日轻犯们抬土、刨地、出入监狱，现在他们被封了，满院都是公安干警，个个神色庄重，真枪实弹气氛严肃。轻犯都这样，可想而知重犯监那边如何了。

这种情势，根本不可能在大院里边玩了。我们就到羊角山去玩。但羊角山上的庙却封了，白纸打"×"盖着公章，问了问，说老和尚是特务，头几天要抓他，他自杀了，这件事又让我目瞪口呆了好一阵子——不信？没人不信政府。

接着的形势愈来愈让人透不过气来，开始"枪毙反革命"。再没有比公安局这地方更能体味此类情状的了，几个脸色灰败的犯人铐着链子，锒锒铛铛被押到审讯室外，小公安们早已准备好铁锤、砧子、钳子等，给他们叮当叮当开镣子，街上叫来的剃头师傅准备好，给他们剃头……再接着会给他们送一顿好饭，白面馒头、酒和四个菜——我后来才知道，这也是一成不变的千古规矩，叫"辞世饭"，确实有点人道主义的情味在内的——再接着，就不和他们客气，五花大绑起来，脖子插上亡命牌子，冲锋枪押着就走了，门外有那种朝鲜战场上缴获的美国道奇车，哼哼几声开去，世界上从此就没了这几个。

这样的事那阵子几乎天天有。重犯监那边关了多少反革命？我不知道。天天三个五个，有时多的有十几个，开镣、吃饭、上绑、登车——去西天。这就是镇压反革命那阵子的情况。我们已经不能再出去玩了，因为气氛不对了，小朋友有的爹或叔也被镇压了，这时的母亲也临时住在公安局，我就整日闷在她房间里看小人书，看院里的梧桐树。

我在过几年懂事后，父母闲时对话，我旁听，"杀的都是县团级（伪人员）"。我又在过了几年懂事后，知道还有战犯一事，我弄不懂为什么国民党的高干都好好的，这些下级却得剃头吃饭上车……不懂了好多年。又再过了若干年，读了些书明白了，这其实是政治斗争的需要，也是人文心理的政治反映，大人物，杀一个便会有人说你"凶狠好杀"。由此可知，官，要么就不做，要么就做大官，背上靠旗的大将军，可以尽情做，打着号旗的喽啰"校尉们"，你别做。

快 救 人

1958 年，我小学毕业，父母齐调邓县，因为考中学的结果没下来，他们也许是出于"洛阳比邓县好"，把我留在了洛阳。我当时并不觉得很留恋母亲，在陕县她经常不在家，到洛阳没有用保姆，和她睡一起，我反而不习惯。现在她又要走，我甚至想，我可以好好玩，再也不听你"晚上九点钟前睡觉"的瞎指挥了。我理所当然搬出了梧桐树院子，和公安局门卫小李住进了门房。

那年"大跃进"，洛阳城也一样，到处都是"超英压美赶苏联"，"钢铁元帅升帐"，"鼓足干劲，力争上游，多快好省地建设社会主义"。男的女的都打赤膊，或穿着"苏联花布衫"，拉着胶皮轮子大车，大呼大喝着，满街乱跑……还有除四害，苍蝇，我们同学们要每人每天交二十只蝇蛹，或打死二十只苍蝇，尸体要交作证据，蚊子不说，老鼠是要见一只打一只，鼠尾交上报功。麻雀则是全民战，所有的屋顶都有人举着小红旗，敲锣打鼓大声呼叫，可怜小麻雀蒙混，个个被赶得走投无路，想落一下就有瞭望哨看见，高音喇叭喊："×胡同号注意，×胡同号注意——有一只麻雀落下去了，立刻捕捉，立刻捕捉报指挥部！"……如此，麻雀被赶得几年绝迹天下。但房上天天上人，有时还是三五个人一起上房，我住的那门房承受不得，终于坍塌了。

这是我第三次和房塌遭遇。前两次都在陕县，当夜迁人当夜房塌，是一次；一次是房屋漏雨，炕上睡不得，同一个房间我从炕上挪到床上，炕上那边坍塌了。这一次连人带蚊帐，像裹在鱼网里的鱼一样，被死死地焖在了里头。我睡得死死的觉得身上猛地一沉，醒来一摸，手脚被什么缠住了，听见外头乱喊："快救人！"知道是房子塌了，用手摸索一下，思量形势，是这样的——那房子有个竹顶棚，这玩意学名叫"承尘"，也有叫"天棚"的，房顶下来，这天棚顺墙擦下，在墙角留了个三角口小洞，这肯定是上天觉得我死期未至，特为留情之作。我的第一感觉是那灰尘，带着洗不清的霉臭味直呛人脑，呼吸也很困难。我的心思却十分清晰，知道外头人正在救我，就大声喊道："叔叔，我在这里！"外头人也是大喜若惊，喊着："解放活着，快！"——我被他们连蚊帐带人拽了出来，一根汗毛也没伤。

　　这件事让公安局的人一惊。因为不久母亲就从邓县赶来了。她也可能是故作镇静，也可能见我无恙，想着别人大惊小怪，显得相当轻松。她带我上街，给我买了很多学习用具，还有换洗衣服，鼓励我："不要淘气，好好学习，考上中学以后咱们转学过去。"

但公安局的叔叔们却不敢再等以后了，对她说："解放这孩子想你。有几个夜里他出去梦游，找金叔叔，'我要见我妈'。"我看就是这话打动了她，她决定立刻带我走。

但是，（计划是不带我走的）买这买那的，她身上带的钱花光了，算了算，刚够买到南阳的车票钱，路上吃饭都要"节约着点"。我想，她无论如何都会借点钱的，她不，她说："借得多了没必要用，借得少了还钱不还钱都不好，将就点吧。"——她开始计算这次来看我的花销，打开箱子一件一件地登记价目，让我在一起运用加法。算来算去，和她从邓县来时带的钱无论如何都"对不上"，差七角钱！她坐在床上看着眼前的墙，还在回忆那七角钱的去向，我指着柳条箱说："妈，这个箱子六元钱，没记在账上。"她一下子笑了，说："骑驴找驴——这就对了，我还贴进去五块三毛呐。"她摸摸我的头——这是她对我的最佳状态。

这件事我后来和父亲提起过，我说："我以前认为你们大人是不算钱账的。"父亲说："怎么不算，要算到每一分钱。但是我们有约定，不在孩子们面前算账。"这个传统我家还用，我们夫妇也不在凌晓面前算账。我对女儿说："你记两条，第一不在人面前算钱账；第二不当众数钱。"——我有点"发展"。

解放不狂，有规矩

母亲很少对我温存亲热。她发起脾气声色俱厉，但她平常无事从不发无名火，摔摔打打找人出气的事没有，她不无缘无故"找事"。她对我最多的爱抚是摸摸我的头顶，温声说："宝，俺孩听话，去写字哇，啊！""宝，今天跟妈上街，咱家镜子烂成那样，你张叔叔都笑话咱了……"——然后带我上街。她这个习惯是彻底转移给了我，买镜子就是买镜子，直奔目的而去，买到就回来，她不与商贩讨价还价，我现在去买东西，也还是这样，这和父亲的理念有关。父亲说："朱子（朱熹）《治家格言》说勿与贩夫挑夫争价！你爷爷从小就教育我，百里百斤一块一，一百里，一百斤的东西才挣一块一，能有多大利？值得着就买，不合适掉头走人。"父亲如此，母亲如此，我的一生也如此。现今富裕是这样，过去拮据时我也是这样。但这话妻听不进去，女儿也很不情愿。她们以"搞价钱"为乐事，搞下来价钱有"成就感"，很多人这样的观点，我说不服众人，各行其是耳。

我的感觉冬天和母亲在一处的时间多，夏天她不大管我。和父母同在邓县时也是这样。他们不会因为我"跑不见影儿了"而着急而寻找回来吃饭——这是他们的原则。我如果说"去找同学做功课作业"，父亲会高兴地微笑点头，母亲会满意地摆手"俺孩去哇，晚饭前回来就行"。我说"做功课"云云，大抵是说实话，因为我的"玩"他们是认可的，没有必要造谎。我一年到头就盼两个（寒暑）假期。寒假可以吃好的，有迎接"过年"的兴奋。暑假我更高兴，因为假期长，天热好玩处多。我可以向父母请长假，下乡去和同学一道度暑。

父母不大在意我在家还是在外。冬天关注我"冻着了"，夏天连这也不操心，"只要注意安全，去哇。"就这口昔阳话，批准了。但去同学家长住，母亲还有关照："带上粮票——四十斤吧——还有二十块钱，在人家家住，要交粮交钱。"她从不交代我要怎样敬人家老人，她知道我对任何老人都尊敬。"解放不狂，有规矩。"这是母亲表扬我的常用词。我在邓县所有的暑假都是在同学家过的。也许父母都是"县里领导"的原因，但我认为即使"有"成分也很少。我每次下乡，母亲还要割二斤肉给我带上，在同学家交钱交粮票——比下乡干部交得还多。就从"实惠"这条上说，同学家长也是高兴的。也许我不应该这样说，因为这些同学确实都是我的好朋友。我说的是我的父母的观念：最好的朋友来往，经济上要分明。1966年"文革"运动大起，我因是"拥军派"失势，逃到邯郸姑父家暂住，照样每月二十元钱三十斤粮票——在他们自己制定的原则里，父母对谁都一样。

他们不大"管理"我。只要老师不到家"找茬"，他们在"功课"上也不太逼我，只要我"洗脸了"，母亲就会说我"还行"。他们从不期盼我在仕途上要"怎样怎样，如何如何"——至少是不作严厉催促。在"事业"上，母亲也就说过那么一句"考不上初中，就没有前途"的话。父亲原本劲头很大，希望我有大的发展，我猜他的本意，是我能当个武将，立功名于当世，成事业于汗青。随着他一步步勘透世情，他的话变成"有个工作，有个对象，有个家就行"。所以当我的哥哥成了南阳地区文化局长，父亲说："看来你不行，你哥行。"当时我说："我要超过哥哥。"父亲未管。晚年他对我说："当时我认为你吹牛。"我说要当作家。父亲说："我听冯牧讲过课，你不行。"但我后来确实"成了"作家，父亲才有那句"竖子"的话。

我应该感谢父亲，他一直教导我们："要吃好，有体力才能做事。"这一条是牢牢地"记死了"，父亲说："组织上给我工资做什么？不是叫我发财的，也不是叫我穿得花花的，是要我保证有个好身体，好做工作——要有这个清醒认识。"我在部队，确有"顿餐斗米"的气概，曾经一人包揽总后部在我部现场会的会议简报，白天听会、听讨论、写报道材料，晚上写会议简报——油印报。一人写，一人刻字（用铁笔在蜡纸上刻），再用油印机自己印四百份，第二天会前发到会议代表和领导手中，然后再听会、听讨论……这样连干六天五夜一眼不合。这样能熬"能踢能咬"，相信没几个人能够，没有"吃"之一字绝对不行。写书初期不但——坚持正常工作——每天夜九点半到三点，七点半起床——不是三天两天、三个两个星期，也不是三个月两个月，而是——整整一年，吃不好准得死。所以我教育女儿："你睡不好，再加上吃不好，哪来的体力资源？"——当然我的代价是吃出了糖尿病。然而，整日"玩"的人照样也有得糖尿病的吧。

但母亲并不信服"吃"之一事。她也从没有教育过我要吃好。相反，她的理论是"有口吃的就行"。她吃东西很少，很干净清淡。在洛阳有时熬夜，她到半夜坚持不得，会轻轻拍醒我："宝，起来跑个腿，到门口街上买个烧饼，夹点肉，你一个我一个。"我就会顺从地揉着惺忪的眼，带上她给的一元。洛阳的烧饼一毛一个，每个烧饼还能夹四毛钱的卤猪头肉，她总是很细心地把她烧饼里的肉用筷子剔出来给我，然后用开水冲一个"鸡蛋茶"——这就是她的夜餐了。有时夜深没有烧饼，但洛阳还有一种小吃：很软很薄的面饼，卷上豆芽、豆腐干条、葱还有酱，这种饼通宵都有。买两卷这种饼，我们娘儿两个都吃，她喜欢吃素，最爱吃的就是饺子，吃饺子她也要素。我和父亲是要吃肉的，她少数服从多数，也必要浇上素"头脑"。父母亲在工作时，我们家是不做饭的，吃食堂。父亲的食堂在军分区武装部，母亲的在公安局和法院。在邓县，因为妹妹们已不再去幼儿园，上学了，请了一位姓雷的保姆。我们都叫她"奶奶"，她来做饭一家吃，偶尔也到食堂打一点菜，母亲星期日偶尔也到武装部和全家吃顿饭。在洛阳之前（1958 年前），我们没有全家在家吃饭的记录，但好像我初到洛阳时，和爸妈一块上街吃过一次。母亲是从不带我"上馆子"的。她最大的奢侈就是夜里让我"跑腿"买个饼子，"打打饥荒"。但母亲有时星期六或者星期天会给我"做口吃的"。一种是我已谈过的"剔筋"，圆筒的铝饭盒做两碗半：她一碗，我一碗半。再就是"头脑饺子"，这样的馅：炒两个鸡蛋剁碎，豆腐切得米粒一样大，加上碎葱、姜末、碎韭菜，拌起来作料，再加上香油，她擀皮儿她包，绝对不要我插手。她的饺子像是机器做的，个个一模一样，都是拇指大小，一排排士兵一样"站"在她的写字桌上。接着再炒"头脑"，细葱姜用油煸一煸，加上豆腐、胡萝卜、几根粉条，加水，滚了再加糖，端下来放在一边，再重起锅煮饺子。这个饭从来没在夏天做过，都是冬天，这一炒一煮，满屋都是雾一样的"白汽"，加着扑鼻的饺子香、菜香。屋子里通红的煤火，暖融融的，真有说不上来的温馨。星期天院里只有四棵梧桐树，值班的都在前院，这个东厢房里充满的是山西母子情味。她还有一拿手食物，一旦她说"有个火"就会打一个生鸡蛋，用一根筷子不停地"打"那个鸡蛋……打匀了，再用翻花大滚的开水迅速倒进碗中，碗里立刻泛上"鸡蛋花"，像一朵白中透黄的莲花泡在碗中。什么也不用加——我后来在别人家也喝过，有的加糖，也有的加点油盐，炸葱花什么的把鸡蛋"本自的"香味都夺了。淡淡的，透着一丝甜意。一大碗下去，满腹的舒畅、顺和、暖洋洋的。这汤成了我的"终生保留"，头疼脑热、胸闷一下子就消掉了，撒尿如果很黄，喝上两天，也就是两三个鸡蛋，就会变得清清亮亮的——我只是"做得"，做出来的也有"花"，却是散的，没有母亲做得好看，那份"香甜"宜人，也似乎远远不及。

头脑饺子、拨鱼汤、鸡蛋花这是母亲的"老三样"，我吃了半生，从来没有"够"过，我虽做得不如母亲那样好，但觉得即使如此，也必是终生可受用之美食。其实，我更觉得"美"的是那过程，是母亲穿着偏口棉鞋，双脚蹬在铁炉子沿上，小心地往锅里"剔筋"的形象；是她在"白雾"中"下饺子"的影子；是她一边"剁馅"一边看着我的眼神……随着岁月逝去，在我脑海里，像镜子一样愈磨愈清晰。

她极少和子女说家常话。她和父亲一样，从不在家谈单位人事，更不评论社会新闻是非。父母的话题从来就是开什么什么会，谁谁出席，他们自己要下乡之类。他们也从不说"家史"和老一辈的社会关系。只在一次做饺子时，母亲一边包一边和我聊："咱们老家一年就这一顿白面，年三十吃饺子。"

我听这话很新奇，在洛阳，我是每天吃白面的，饺子食堂也三天两头有，不禁问："老家怎么这个样?"

"咱们那不种麦子。"母亲说，"天冷，麦子产量低。一年一次吃饺子是大事。我和你大娘（伯母）是不能包饺子的，只你奶一人包，也是她下锅煮饺子。她饺子比妈包得好了。"

"奶奶比你还强?"我有些诧异，因为我这一生，包括母亲逝后的四十年，从没见过有能及得母亲的饺子手艺的。

"她不是捏饺子，是'做'饺子，一个饺子一朵花。"母亲一边包一边说，"她一个人年二十九要包一夜，在板板上摆饺子也要摆出花样来。"

我说："还不是吃了，何必呢?"

"饺子是吉祥饭，团圆饭。"母亲说，她的脸上绽出微笑，"饺子下出来第一盘要祭祖，一个破的也不许有。媳妇们担不起责任。"

"担不起责任?"也就是破一个饺子的事，她说承担不起。我听她话的当时什么也没想，她也是无意出口，我是在分析她连夜出走参加革命的动机时想到了这句话透露出的蛛丝马迹。

母亲多数时间脾气平和，但对子女不像一般妇女那样母性十足亲热弥密。我很忌妒我的小朋友和同学，到他们家有一种我家没有的"气"，热乎亲情的氛围。在栾川，有一个和我同样大的小伙伴，当着我的面要"吃奶"，他妈也就解扣子开怀，搂着他拍头让他吃——我知道这样子也就是当我面撒娇，气气我就是。我也真的很眼气，回家就闹，也要"吃奶"，母亲那天看去心情不错，她凝神看了我一会儿，坐了床边框上说："俺孩没吃过我的奶。吃哇！"说着慢慢解开扣子，我就依样一头拱进她怀里使劲吮唈……但也就一分钟的样子，她就拍我的肩头："行了孩，这窗都是破的，看人照（瞧）见了笑话咱娘儿们……"我其实也就要求我也"有"，当时也就心满意足了。

母亲从不说外公家的事，父亲有时还说说"你爷爷"，"奶奶"，"你大爷……怎么怎么样"。母亲一句也不说，这个谜过去没想过，现在想到了无法猜。她只说舅舅（文兰），"该来信了"，"现在那边热，也不知道文兰咋样?"舅舅马文兰是她最挂记的，还有二、

三、四姨她也操心，只是不及舅舅文兰。她是马家的主心骨，那一个组合的领袖。

还真的"有戏"

父母亲是不是弥密得天衣无缝？不是的，虽然微不足道，也还是"有"的，除了反右斗争过后说到的"如果我划右派，会不会离婚"的问答，我感觉到父亲是"灵魂上中了一箭"那样的难过。再早年还有一件。

是 1942 年，父亲在昔西一区当区委书记，那时叫"区政委"。政委有"最后决定权"，比区长大了去。有一天，他区里一家人结婚，花轿吹吹打打从他面前过，他听到轿中新娘的哭声，越听越不对头，便忽地跳到路中间扬手拦住了轿，"你们停轿"，叫出新娘来询问情况：原来是她父母把她嫁给一个糟老头子，她心里难受忍不住哭了。父亲当即宣布："抗日政府主张婚姻自主，这姑娘既然不愿意，我宣布这件婚姻作废！"

父亲很早就告诉我这件事，这故事充实一下，很可以"出戏"的，我以为也就是这么个事而已。我没有想到这个故事后边还真的"有戏"，戏文衍化，直至发展到母亲破门入伍。

　　这是否母亲入伍的决定因素？肯定不是，因素很多，这是"其中之一"吧。

　　1967 年我到邯郸姑姑家住，一次偶然闲谈，我说起了这事，姑姑一下子笑起来，说："孩呀，你不知道，就那么一会儿，那个女的（新媳妇）就看上了你爸，央人托己地找你爷，要把闺女说过来……"我说："那我妈呢？"姑姑说："所以我说那女的不要脸，不是个正经货——你妈当然不喜欢，他们来说亲说了好几回，意思是你爸和那女的有感情，让家里的离了，和他闺女成亲……"

　　我这才知道前头这个连环画本儿，还有续本，这事发生在 1942 年，1944 年母亲"夜走太行"难说她有没有担心丈夫被"勾引"变心。

　　母亲的直接反应如何，据我哥哥《二月河源》中云，他曾和母亲也议及此事，母亲在床上看书，翻了个身说"狗拿耗子"，再也不言声。

　　这件事关系到母亲的入伍动机。"家有一口饭，谁肯上梁山？"母亲肯定是抗日热血青年，这一条是主线，因为她坚持八路军是抗日之先锋，她才不顾一切扑身太行老林的。具体的原因，那这是其中之一，还有呢？

爷爷是那一代人中正统人家的主家人，他和奶奶继承了我们民族特色中所有传统的观念。父亲说："你大爷（伯伯）每次从太原回来，从来不敢先回自己小屋，要先去你爷奶家，带上捎回来的礼物，恭恭敬敬站在地下和你爷奶说话，然后你爷说：回屋看你媳妇哇……他这才敢慢慢退下……"

"你妈过门三天，要给婆婆交针线活。"父亲说，"你奶奶横看竖看也没挑出毛病——你奶奶要求是，补丁和衣服的原色要一样，补上和没补稍远一点看不出来，针脚要细要密要均匀……你妈不仅做到，而且连布纹都对上，一根线也不让它错……"

"你妈推磨，在磨房里用炭条练字……回去自己房里，做饭时悄悄趁着灶火看识字课本……"

就这些只言片语中，可以窥见到母亲在家中的处境与地位。这些话多数是母亲去世后，父亲和我们絮叨出来的，母亲在时，我一个字也没听到过。我还听到哥哥说，母亲对姑姑说过："这个家冷漠，冷漠呀，冷漠透了。"你想，公公不和儿媳说话，婆婆只管"挑毛病"，丈夫不在家，嫂子出去过，膝下又无子，忍不住"冷漠"。我看这或许是促使母亲出走的另一直接原因。

归纳起来，日本人汉奸对我家的骚扰，在家庭中的孤独，思念丈夫，恐惧有别的女人渗入丈夫的感情生活……这诸多因素，母亲的个性在封闭的环境里不能得到任何舒展，而她又是一个性情刚烈，极其要强的人，所以就有个不畏虎豹豺狼，夜走太行参加革命的事。

母亲的担心不是没有道理的。从"南下干部"的实际情况看，是不是"大部分"？至少也可以说是"大量的"都和在家的原配夫人离了婚。许光达大将每逢下级来谒，先问："你也离婚了？"——这是当时一道时髦的社会风景。

父亲有没有这方面的事？我们兄妹在五十岁前一直认为他"没有"，因为我们亲眼见到他是那样珍惜母亲，爱母亲，看到他在病榻前跪着，双手为母亲收拾大小便狼藉的铺位。但是父亲后来告诉我，是"有的"。他在部队认识了一个姓李的女同志，"非常的精明强干"，但是在战斗中牺牲了。如果再"但是"一下，那位李同志没有牺牲呢？这件事，父亲说时已是垂暮之年，半个世纪过去了，我们现在的人很能理解，就母亲的实际行动，证明她当时就理解。

不要生气，再来一盘

事实上，我这个家是很单调的，但不能说是枯燥。母亲是个事业型的妇女，她有一个坚定的理念，没有累死的人，只有闲死的人——这倒和"生于忧患，死于安乐"的话有点暗暗扣合。不幸的是她的这个理念——其实任何理念都是有极限的：弹簧可以伸缩，拉一下就又恢复原样，但拉"过头"了呢？——她教给我"力气是奴才，用了再回来"，但是她的"奴才"累坏了，再也不肯"回来"，她也就山一样倒了下来。当然，她的病有社会原因，然而她自己确实有病，拼得过分了，心脏、脑血管，她没有检查过血糖，她那样的工作，我估计很可能也有糖尿病问题。

我听过父亲哼歌子。父亲在文艺上基本没有什么爱好，他哼的歌子既不是流行曲，也不是进行曲，也不是戏剧之类，而是——抗战歌子：

> 大炮轰轰响啊，机关枪格格格
> 打倒那日本鬼呀，赶他们出中国……

这个歌和这个调子，任何演出团体，任何节日演出都没有披露过，我估计是他在太原抗大分校学习时的校园歌，还有：

> 我的大烟袋呀，你快快回来！
> 上次打伏击呀，子弹把你打坏！
> 现在打日本呀，哪里再去买？
> 大烟袋呀，咿呀呼咳——烟袋！……

幽默、乐观、风趣，这当是抗战时流行在战士中的口头小曲，一边擦枪，一边唱这小令曲，很有情味的。

再有一个歌，是用山西梆子腔：

> 我正在山头看风景，忽听得上下乱哄哄，
> 原以为是砍山的老百姓，却原来是鬼子发来

的兵，

　　二鬼子棒棒队，还有一个打头日本的兵，

　　老子我正是又闲又闷，请你们上来咱们点点兵，

　　你们来来来呀，老子请你吃碗疙瘩面！

　　……

　　不合辙也不押韵，山西梆子调味十足。当然这是套的"空城计"，我肯定这是他们三人坚持无人区作战时的自创作品。

　　就这三首歌，再也没有听他唱过别的。唱这歌时父亲会在躺椅上半闲着，双手在椅背上轻轻打拍子，然后他也许就入睡了。

　　父亲不爱看戏。他晚年孤寂，我很想给他解闷，所有能买到的戏的录音带子都给他买了，但他只是对京剧《锁麟囊》情有独钟，反复听的只有这一出。这是种因得果知恩报恩的主题，我不能明白为什么如此令他神往，吃饭、睡觉都放的《锁麟囊》。

　　父亲还有个爱好，下棋。象棋、围棋他都会。但棋艺都平平。但他在未离休之前我没见他与别人下棋。他摸过棋盘，是围棋，教我们兄妹三人学下围

父亲晚年

棋。围棋他也不与外人下。我肯定地说，在他"能工作"时，无论上级下级，没人知道他会下棋。

他围棋只是"入门"，用现在的标准，二段左右。但他的棋龄很长了，他告诉我，这是抗战时在抗大分校学的，当时学《论持久战》，把抗战和下围棋作比方，有布局、中盘、收官，双方斗争犬牙交错，学员们都学会了，是作为"抗战思想"的辅助课学得的。

这件事对我们有些影响。因为我和妹妹很快就超过了父亲。我们 1958 年就学会了下棋，因为当时南阳市会下围棋的人少，大妹妹建华还拿到了少年组冠军，她的兴致很高，有时别人悔棋，会气得她哭了，一边哭一边下，赢了又会破涕为笑。1963 年她去武汉参加比赛还拿到个少年组第六名，名字刊在《围棋》杂志上，我们都很得意的。但她实际水平也不算高，在家还是我的手下败将。1963 年开封举办围棋训练，市体委让建华参加，因她年龄小，让我陪着去，顺便也听课——到那里我看，一个一个少年棋手都非常厉害，六七岁的孩子我都无法过招，"我已十八岁还有个屁用？"——我这样想，看大妹似也有点沮丧，但她仍弈兴不减，她彻底失望是在下乡之后与棋界割断，也就是个业余两段的力。棋界有些高段棋手都是她的朋友，我们兄妹虽然爱棋，但棋不爱我也徒唤奈何。前不久，陈祖德来南阳，我们见了面。我说："现在我还喜爱这（围棋），我从十三岁开始，已有四十七年棋龄，绝对老资格的一手屎棋。这玩意没高手指点，永远没有指望。"父亲离休之后，在母亲去世之前，从不和外人下棋。他只在家中教过我们下围棋。没有摸过象棋，母亲去世后一年有余，他开始偶尔和人下象棋，且开始教我学象棋，但他发现我对此没有兴趣，也就罢了。他的棋盘上写的不是"楚河汉界"，一边写"不要生气"，一边是"再来一盘"，看上去挺别致的。他下棋就是下棋，从不扯谈棋以外的任何事，家长里短的是非更是绝口不言。父亲也悔棋，但是他有个"前提"：对方已经悔过棋，但不让父亲悔棋是绝对不行的，经常为此争得面红耳赤不欢而散。但他不会为此和棋友反目，过几天气消了，照样来往下棋如初。

他下棋，哼小曲，看电影，偶尔也看戏，这些娱乐都有，但极有节制。我只记得他看过两次戏，都是在邓县。是县里排的新戏，请领导同志都去审看，母亲也去了的，我们兄妹三个"帮边子"蹭票进去看了看。看电影也是两次，一次在洛阳看的苏联片《棉

桃》；一次在南阳，是连母亲也去看了的，也是一部
苏联片，已记不清名字。那时国产片都十分纯净的，
我只记得里头有男女接吻镜头，父亲问母亲："是不
是奸情？"

"不是。"母亲在黑暗中回答。

全部看电影、看戏的历史中，全家最多参与三
人，全部对话交流就这两句话七个字。

这故事不赖

父亲离休以后有时还有一点"玩"兴的。母亲连
他的这点嗜好也没有。她似乎永远都在工作、写字、
见人谈话、下乡。就这些，没别的。因此，我家过星
期天就是一件事"改善生活"，弄伙食。父母亲，在
邓县的兄妹三人，还有老保姆共六人，洗菜的洗菜，
洗衣服的洗衣服，和面、剁馅、包饺子，大家一片忙
碌，集体干活想办法把"吃"弄好。这个虽单调，但
全家调动，分工合作的气氛非常好。当然，多数时间
母亲不在，但有时她会吃饭时赶回来，用过餐再匆匆

离去，我们也都十分满足，倘她也在家干活，用一句昔阳话"热火搭烙"（热闹喜庆）的，人人都心中舒展面带微笑。

最喜庆的日子是过年——当然是阴历年。全家（除了三妹玉萍在洛阳）能团聚数日，没什么玩的，就说故事，说笑话。我发现父亲开心时就会变得幽默、机智。他口才好这全家都知道，直到今天的二月河，已经有人夸奖我的口才，但我自知不及父亲未中风时。他会谈起打游击时与战友争论"远处那片云会不会下雨？"一方说"下"，另一方说"不"。说颠倒话"抬起山来黑了脸"，说捉到日本"政治兵"，又逃掉，日本人来报复，他们怎样躲逃。我也讲笑话，父母亲都喜爱听"傻女婿的故事"，"三女婿比诗"，讲：

大女婿是文秀才，二女婿是武秀才，三女婿是个穷长工。老丈人想出三女婿的丑，就让他们比说事，说出话头两句说得有理，第三问都必须对"是"。

"盐鳖户（蝙蝠）和老鼠一事。"大女婿说。大家一听，有道理，忙点头，照规矩说"是"。

"盐鳖户比老鼠多了一翅。"

"是。"

"但盐鳖户是老鼠的儿子。"

"是！"

文秀才头一轮过得顺当，丈人丈母都笑开了花。二女婿再说："苍蝇和蛆是一事。"

"是！"

"苍蝇比蛆多出一翅。"

"是！"

"但是苍蝇是蛆的儿子。"

"是！"

二女婿也过关，轮到三女婿，丈人丈母都瞪大了眼要看他出洋相，三女儿也放下筷子担心地看丈夫。

"咱们三个是一事。"三女婿若无其事地说。

"是！"

"他们两个又是文又是武，比我多着一翅。"

"是！"

"但是，你们是我的儿子。"

"……是……"

……诸如此类的笑话，平日搜集，过年时候，和父母一道说笑，积累了不少，我很多写在书中的"傻女婿"笑话原始素材都得之于此。但想把父母逗得开心大笑那是别想。我讲历史故事，父亲听得专注。点头会意，但不笑。母亲很显然是用了耐心在听，她微笑，但也无大笑，夹一筷菜放我碗里，她自己也吃一口，说"这故事不赖"，就是最高嘉奖。吃完饭，父亲起身，说"今天很高兴"。这一天就功德圆满。只有一次，气氛好极，连母亲也说了个故事，是她自己亲身经历：

    1944 年，我刚参加工作头一年年三十，在区妇救会，我们几个女同志一起。上头分配来二斤肉，都高兴得不得了，商量着吃饺子。

    刚把面和好，肉还没剁，正切葱，外头一阵狗咬（叫），接着听见三四声枪响。我回头赶紧一口吹熄了灯。

    几个人黑地里紧收拾，面、菜、肉一包，噌噌地都跑出来上山。

    我们到山上一个破庙里，接着过年，把庙门摘下来当面板，揉面、剁馅，也不敢点灯，怕下头敌人照见动静。

刚支起锅点着火，山底下又是几声枪响，接着听见下头敌人嚷嚷："在上头！女八路在上头！在庙里——冲上去，抓活的呀！"

我们几个又是一个"紧收拾"，抬腿就跑。跑到天快明，到北界都玉皇庙，才算安定住，支锅包饺子，吃完饭天已经大亮。虽然一夜紧张，我们总算吃上了饺子，大家心里很高兴，只是异样，饺子馅怎么剁得那么粗？第二天返回头一个小庙里看，剁馅的门板上厚厚一层牛粪，只剁馅那一小块凹下去了露出木头。

……她讲这故事时抿着嘴笑，好像在回忆当时情景。我们兄妹听起来觉得挺新鲜。但没有把这事当作"战斗故事"，而是当作轶闻趣事听的。事实上，母亲也是把"吃牛粪"当笑话说的。

父亲也讲："有一次敌人搜山，我就在草窝里头躲，眼看一个二鬼（子），用刀拨着草过来，我心想今天是完了，'噌'地跳起来，几乎和他贴上脸，手里举着手榴弹吼：'你他妈活够了！'那二鬼吓得'妈'一声大叫，枪也不要了，掉头就跑——我也抬起枪掉头就跑，满山的敌人都愣了，我翻过一个山头，跑远了，才听他们放枪'啪，啪'的，有个屁用！"他讲这故事也不为讲"战斗"，是说由故事引出的"结论"："孩们记住，有些事看来没有希望了，完了，其实也不见得。让步你就完了，狭路相逢勇者胜。"

父亲在对敌战场上，是勇者，但他和"自己人"狭路相逢是个弱者。母亲没有父亲那样深沉，多思多智善于闪避凶险沼泽，但母亲始终和父亲在一起，父亲对她是起着保护作用的。这个家庭平静和睦，但是天伦之乐是比别家少了一点。我们缺乏"烟火情趣"。我在邯郸姑父家住，看到他们家的那种"情味"，住得恋恋不舍，到山西安阳沟，听贵成大哥"捣什"（昔阳土话：聊天），也是一住不想回家，去二姨家，二姨盘腿坐在炕上"俺孩"长"俺孩"短嘘寒问暖，"炕上坐哇，外头冰天雪地，俺孩可受制（罪）了……"这些话，在我们家一句也听不到。我读杜甫的诗：

……晚岁迫偷生，还家少欢趣。
娇儿不离膝，畏我复却去……

父母亲在"营造天伦之乐"这一条上，或许是少了一点力度。父母自身生活中缺乏笑的"原发动力"，我又"这样",连他们开心欢笑的"继发动力"也没了,现在想起来,不孝莫此为甚,很丢人掉份子。

母亲病了之后,我家虽有保姆,但母亲的饮食起居,换洗衣服,洗澡如厕,不能起床时料理床褥,请医看病,父亲不让任何人插手,全部是他自己干,保姆只管买菜做饭和我们兄妹的换洗衣服。1963年到1965年母亲谢世,这两年中,我们倒是全家每天在一处(除了小妹玉萍),但母亲已基本失语,她想表达一个意思,要坐在椅中,嘴唇嚅动半天,一个字一个字地往外蹦出来:"招(叫)——……院……——里——……孩——蒙(们)……——轻—点……声……"父亲耳朵附在她嘴旁耐心地听,分析她的意思,明白了,就会出房来,把在院子里大声嬉闹的小孩子们赶走。

他想了很多办法让母亲快乐,买了最好的助听器、收音机。房子里有广播站的广播匣子,逢有相声、戏曲、广播剧就打开,坐在她身边陪着她听,院里温度适宜,阳光温暖,他会把躺椅掇在房前,铺上被子,让"老马躺上去"。也会让我用轮椅车推着她,看看"街上热闹"或到公园里去"游玩半天",他则寸步不离守在我们旁边。偶尔地,星期天全家高兴,父亲会把我们都叫到一处，"各讲各的事，有好故事，都讲给你妈听"。这样，我们就会把一星期学校里发生的趣闻，讲给她听，我的父母很少插话，多数情况只是点头微笑，只有一次父亲打断了我。是我刚刚"下学"回来，在路上看到了公安局枪毙犯人的刑车，我只讲了个开头，立刻就被父亲打断了："以后不许讲这些，要说高兴事，不高兴的事我们都不要听。"我大约就是从那一刻开始，意识到任何情况下，都有个"场合"问题。

我是回忆到了这件事，终于回忆到有一次我讲故事逗得两位老人放声大笑的事。那也是星期天，我讲故事给父母，先头讲的是东周列国里孙膑庞涓的事。这一类故事当然不能在父亲面前卖弄，但我讲给母亲听，父亲同样听得很认真，不停点头赞许。母亲则只是微笑——很明显的，她也很熟悉这故事，他们是在听我的说话能力——我的气一下子瘪了，又换了"安徒生童话"。我讲《海的女儿》，他们闭着眼听。讲《丑小鸭》、《大克劳斯与小克劳斯》，他们听得更认真。但是，他们都很平静，我觉得没把他们逗乐，就又讲了这样一个：

　　有两个英国人，在乡间小饭馆吃饭，他们旁边还坐着个穷乡下老头儿。吃饭中间，英国人忽然闻到一种奇怪的甜味，还有什么东西被火烧烫时，那样"吱——吱——"的声音，仔细看，是一个装满东西的布口袋。一个英国人就问："这是哪位的东西？靠在火炉上，要烤坏了。"那老头儿忙说："是我的。"

　　"那是什么？"

　　"烂苹果。"老头儿说，"我刚从城里来，是我用东西换的。"

　　"外头下着大雪，这么冷的天你用什么东西换的？要烂苹果干什么？"

　　老头儿开始讲他的故事。

　　他今天进城赶集，牵着他家唯一的一匹马。在回来的路上，他看到一头奶牛，他想：这头牛可真好，我们家多么需要它，有了它，我和老伴就有牛奶喝了，还可以做奶酪。牵着它在草地上放牧，哼着歌儿多么惬意！——我就用我的马，换了这头牛。

　　又向前走，我看到放羊的。我又想：奶牛当然不错，但是喂两只羊会更好。晚上也不用打草打料照顾它们。照样可以喝到羊奶。白天把它们放在草地上就是了……我越想越对头，就用奶牛换了两只羊，赶着回家：心里别提多快活了。

……又走了一段路，到了小河边，我看到有两只鹅在那里游泳。这两只鹅又肥又大，羽毛雪白，长得可真漂亮。我想：我怎么没早点想到这一点啊！我的家就在河边，放养这两只鹅，在水里游，我和老伴在岸上看，该是多么开心！而且我们还有大大的鹅蛋吃！……我就用我的两只羊换了两只鹅！

老头儿说得得意洋洋，两个英国人面面相觑。

……再往前赶鹅，我碰到一个苹果商。你们猜，他在干什么。这么好的烂苹果，他居然不要了，往河里倒。我想，我如果有一袋烂苹果，该多么好，家里喂的猪最爱吃这些了，老伴前天还说："我们如果有袋烂苹果喂它们该多好。"我很快就和苹果商说好了，用我的两只鹅换了一袋烂苹果！我的老伴看见我这么能干，不知道有多么快乐呢！

"你的老伴会劈脸给你两个耳光，"一个英

国人说，"然后把你赶出门去，夜里也不许你回家。"

"不！"老头儿说，"我的老伴一定会拥抱我，还会开心地在我脸上亲吻的！"

英国人是最爱打赌的，那英国人说："我们打赌吧，如果听完你的故事，你的老伴拥抱亲吻你，我们给你一斗金币。"

于是两个英国人和老头儿一同去了他乡下的家。老太婆一听丈夫回来，冲门而出就和老头儿拥抱，她看也不看客人，只对丈夫说："亲爱的，你回来了。昨天晚上我给你做的牛排，还有夹了奶酪的烤面包，都还在炉子上煨着，你尽情用吧！"英国人跟着老头儿进屋，心里想，这不过是刚见面，你这老家伙，等一会儿你就会知道她的厉害！

老头儿坐下吃面包牛排，开始讲他进城的故事……"我用我们的马换了一头奶牛。"

"真的！"老太婆高兴得脸上放光，"前天晚上做梦，我还梦见，我们有一头奶牛呢，我会把它带到草地上——我们有的是草坪——吃草。我每天挤奶，我们可以喝最新鲜的牛奶！"

老头儿若无其事地吃着，插上一句："我把奶牛又换了两只羊。"

　　"亲爱的老头子！"那老太婆看一眼满面诧异的英国人，说："你可真能为我着想！羊当然比牛更好！把它们放在草地上自己吃草，我可以腾出手干别的活。有时我洗衣服，在河边一边洗，一边看它们欢蹦乱叫——像两个孩子——那是多叫人高兴的事！"

　　"可我又用它们换了两只鹅！"老头儿喝着肉汤又说，"我记得你说，门前小溪里有两只鹅该多好！"

　　老太婆拍着手一下子跳起来，笑得满脸都是皱纹："是呀，是呀！我是说过，我们的小溪里太单调了，有两只鹅那该多好。它们不但好看，还会发出呃——呃——的声音，我在前面走，它们会摆动着身子紧紧跟着，还会孵出小鹅，我们这个家就会热闹起来啦！"老头子擦着嘴又说："我把两只鹅又换了一袋烂苹果。"

　　"啊！上帝！我的老头子，你可真聪明！"老太婆一下子跳起来，"你做的事都是我梦想做的呀！昨天一对，就是昨天我们的邻居汤姆——你记得他的姨妈——还在说，他们家的猪太瘦了，如果能有一袋烂苹果，给猪吃，那该多好！我们的猪可以吃到烂苹果了——亲爱的，我非得亲你一下不可！"她一下子扑上来，再次拥抱了老头儿，在他面颊上狠狠地吻了一下……

那两个英国人已看得目瞪口呆。他们赌输了。英国人说，一个人总吃亏，总是保持快乐，这样的人比金子还要贵重！

父亲母亲听到老头子换东西的过程，已经开始笑了，他们开始还有点矜持——有时我在想，也许他们就是为了在儿女面前保持矜持的形象，才不肯大笑的——但讲到老太婆的反应时，父母亲便不再控制感情了，父亲笑得流出了眼泪。他是这样的，坐在矮凳子上，低着头，用拳头顶着前额，笑得全身都在哆嗦，笑得咳嗽打呛。母亲则是仰着脸笑，手中的药片都撒落在小桌子上，嘴里轻轻念叨了一句什么，父亲赶忙凑过去谛听，但母亲极清晰地重复了一句："这个故事有意思！"

"这个故事好！"父亲擦着眼泪，他已经恢复了平静，"人，要吃得起亏。"

如果说，我家有过大笑，这是唯一的一次。

我一下子被点化得如醍醐灌顶。

家庭味道

父亲母亲，我们家兄妹四人，是和谐家庭。我们挨母亲的巴掌，比较起来，我最多。大妹妹其次，二妹更少，三妹是不在身边，在身边的话，我估计要比大妹多一点。母亲打我们，打得很认真，但并不多，她不轻易打人。说实在的，虽然她"认真"，她的身体状态一直弱，她有心脏病，还受过跌伤，认真打也不怎么痛，使用的是巴掌，打的部位是千篇一律的屁股。我们家的保姆每见她发火，从来是不敢劝阻她的，只是在旁边喊："还不快跑！"但无论我还是大妹，谁也没有"跑过"，而是红头涨脸憋着和她犟——打就打，你也就是那么一点劲！

父亲和母亲关系怎样？没有见过他们闹过别扭，别说拌嘴，就连重一点的话也极少听到。就这么一个组合，到1958年之后，我们全家在邓县安顿，多数

1957 年全家福。后排左起母亲马翠兰、父亲凌尔文和二月河。前排左起大妹凌建华、三妹凌玉萍和二妹凌卫平

星期天，母亲能回来和我们吃一顿饭。她基本不做家务，话也不多，只在吃饭时稍有交流，吃过就走，父亲和家务更不沾边，也是吃过就走。即使如此，也比在陕县、洛阳四零五散的样子，略约地像个家了——每个人都在家的庇荫之下，每个人都有异乎寻常人家那样的跳脱自由，比起平常人家好像是缺了一点烟火情味，又多了一点自己个性独立的方寸天地，就是我的家了。

我家和谐是和谐，差就差在阿猫阿狗在老爸老妈跟前殷勤撒娇这些事没有。我到姨姨家、姑姑家。品尝到他们的"家庭味道"，常欣羡不已，自动就融进了那气氛之中，和他们一道买菜、切肉、点火扇炉子，兴致勃勃地弄吃的，姐妹几个挤在老人跟前唧唧哝哝说家常……这类事在我家绝对没有。整个初中暑假我全部下乡过，也为贪恋同学家中那点伦常之乐——回到家里，晒得像条黑不溜秋的鱼，父母都笑了："行！比在家还结实。健康就好！"

我的心理状态，就这样双重感受：我有一双了不起的爸妈，我为拥有而自豪。同时，带来的不满又是：他们不大管我，没有人家爸妈亲热……实际上据我后来观察，愈是家庭"政治化"了的，愈是家人理性思维能力强，个人独立性也强，而家庭的亲情相对就愈少，随着"阶梯"的上升，到了紫禁城，皇帝，他们那里的亲情减缩到接近零。然而父亲不过一少校而已，母亲也不过是个"科级"，对应起来看，比我们这个"阶次"上应该拥有的亲情许是薄少了一点。

话是这样说，我们兄妹心里明白，我们没有怨言，也没有更高的要求。他们是职业革命者，已经以身许国，确实是忙，忙得职业化地顾不上一切了。就我们兄妹自身而言，个顶个的身体健康，智能健全，比起别家子女，似乎还要出息一点。父亲晚年一次吃饭时，弟弟说起"邯郸姑姑家"怎么怎么好，怎么家庭团结，妹妹们怎样亲亲热热过星期天……父亲静了一会儿，脱口给我背了几句庄子："涸辙之鲋，相濡以沫，不若相忘于江湖之中……"

炕下的火熄了

1965年9月25日，是个阴寒的日子，我在南阳三高上学，24日晚梦见下大雪，这并不算很冷的时光，做这样的梦，我正在奇怪臆度，学校老师闯进宿舍，对我讲："凌解放你赶快回家，家里来电话，叫你立刻回去！"那时没有公交车，我也没有自行车，家里离学校不到两公里的样子吧。我小跑回去，喘吁吁进了我们满是菊花的院子，已见门里门外拥了不少军分区的人，听到屋里妹妹们的哭声，我的头"嗡"地大了，立刻知道家里出了什么事。

人们让开了路，我有点像夜游症那样懵懵懂懂进了房。东房，南边临窗，父亲给她用土坯垒了一盘山西式样的大炕，母亲平时就睡在西边墙边，大妹二妹挨着她睡，星期六我放学回家，我"挨着妈睡"……但现在，她还躺在老地方，炕下的火已经熄了，全家人都立在她面前发呆。

爱明姐放声大哭，大哥也放了声，妹妹们都泪流满面嘤嘤而涕，但我没哭，我蒙着，我晕着，对眼前的事与其说是痛苦，不如说是奇怪——母亲这样的人，我从来都没想过她会死，我是把她当英雄那样崇拜的，我欲哭无泪。

接连几天我都这样，哭不出来，闷坐着不言语。按照父亲的意思，母亲应该由我用板车拉到陵园，但家里人都不同意，怕我会出事，决定改用汽车。当母亲带着她的拐杖和她的钢笔入棺那一刹那，我突然意识到自己遭遇到了什么样的事情，它的全部意义是，我永远丢失了最珍贵的爱，我一下子扑到棺材上放声大哭泪如雨下，我浑身都哭瘫了下去……

母亲下葬那天，是淅沥寒冷的秋雨，在她去世后的三年，9月25日那天都是这样的天气。

父亲两年之后有了继母，又有了弟弟。他的晚年赶上了十一届三中全会，邓小平一风吹掉了所有的"帽子"。他高兴地举杯大餐，他有时清醒，有时犯病。我写出《母亲墓道旁的沉吟》，他看了之后激动得几乎犯病，复印了很多份送亲戚。他只是遗憾："你能成作家，你妈也没想到，她要是知道了，不知道会高兴成什么样子。"之后，继母、爱明姐相继去世，八十三岁这年，父亲也走完了他的路。

我还在部队时，姑父姑母已经去世，这对老人都是十分爱我的。姑母是高血压，姑父是癌症，前脚后脚谢世，家里人怕我在部队分心没有告诉我。

这样，我说的几个"板块"，也就随风而逝。命运赋予他们的任务，他们都是超额地完成了，命运给他们的回报是苍凉与悲壮，他们坦然地和盘接受了。

那么，就无话可说了吗？

母亲病逝时，有这样一段小插曲。父亲因无法通知母亲的战友，也为母亲的身后荣名，希望能在《南阳日报》上刊一个母亲的讣告式的消息。答复是："翠兰同志一生光荣，但级别不够，建议无法采用。"

　　父亲在离休后许多年，被定为副师级。

　　现在，南阳陵园中存放着我家四个骨灰盒，他们是，父亲、母亲、继母、爱明姐，他们因"级别不同"而不能同存一室。只有在我们扫墓时，才能把他们都请在一处。

　　我恨这样的"级别制"。青山已化灰烬，还要讲论这些东西？

　　每当清明，我们兄妹会依照习俗，带上纸钱、香烟和水果、酒之类的东西去陵园看望他们，在纸钱飘飞香烟缭绕之中，他们四个已经不能言语的灵魂沉默地注视着我们"这一群"，他们各自的经历已经申明他们要告诉我们的话。

　　"密云不雨"是《易经》里的话。

　　《易经》说，久旱不雨，"天屯其膏"是因"小人居鼎铉"。

责任编辑：崔秀军
版式设计：顾杰珍
封面设计：林芝玉

图书在版编目（CIP）数据

密云不雨／二月河 著 . 一北京：人民出版社，2018.8
（2019.1 重印）
（二月河作品系列）
ISBN 978 － 7 － 01 － 019083 － 9

I.①密…　II.①二…　III.①随笔－作品集－中国－当代
IV.① I267.1

中国版本图书馆 CIP 数据核字（2018）第 050524 号

密 云 不 雨
MI YUN BU YU

二月河　著

人 民 出 版 社 出版发行
（100706　北京市东城区隆福寺街 99 号）

北京新华印刷有限公司印刷　新华书店经销

2018 年 8 月第 1 版　2019 年 1 月北京第 2 次印刷
开本：880 毫米 × 1230 毫米 1/32　印张：6.625
字数：110 千字

ISBN 978 － 7 － 01 － 019083 － 9　定价：39.00 元

邮购地址 100706　北京市东城区隆福寺街 99 号
人民东方图书销售中心　电话（010）65250042　65289539